ENCADENADA AL JEQUE

TRISH MOREY

Editado por Harlequin Ibérica.
Una división de HarperCollins Ibérica, S.A.
Núñez de Balboa, 56
28001 Madrid

© 2015 Trish Morey
© 2016 Harlequin Ibérica, una división de HarperCollins Ibérica, S.A.
Encadenada al jeque, n.º 2472 - 15.6.16
Título original: Shackled to the Sheikh
Publicada originalmente por Mills & Boon®, Ltd., Londres.

I.S.B.N.: 978-84-687-7884-6
Depósito legal: M-8906-2016
Impresión en CPI (Barcelona)
Fecha impresion para Argentina: 12.12.16
Distribuidor exclusivo para España: LOGISTA
Distribuidores para México: CODIPLYRSA y Despacho Flores
Distribuidores para Argentina: Interior, DGP, S.A. Alvarado 2118.
Cap. Fed./Buenos Aires y Gran Buenos Aires, VACCARO HNOS.

Capítulo 1

RASHID Al Kharim se hartó de dar vueltas y más vueltas por la habitación.

Necesitaba algo más fuerte. Necesitaba algo que entumeciera sus sentidos, aunque solo fuera durante unas cuantas horas. Algo para aplacar el dolor que le habían causado las revelaciones de aquel día.

Siempre había creído que su padre llevaba treinta años muerto, y acababa de saber que había fallecido unas horas antes. Pero eso no era todo: también había creído que estaba solo en el mundo y, de repente, había descubierto que tenía una hermana pequeña; una hermana que ahora era responsabilidad suya.

Desesperado y lleno de rabia, abandonó la suite del hotel, entró en uno de los ascensores y pulsó el botón con fuerza.

Sabía exactamente lo que necesitaba.

Una mujer.

Capítulo 2

TORA no habría entrado en aquel club si no hubiera necesitado una copa con urgencia. Era demasiado ruidoso y demasiado oscuro para su gusto, pero acababa de mantener una reunión desesperante y no había otro más cerca, así que se acercó a la barra, se sentó en un taburete y pidió un cóctel.

Su asesor financiero se había mostrado tan insensible a sus argumentos como a sus lágrimas. Había sido una hora entera de discusión inútil, y Tora se preguntó cuánto alcohol tendría que tomar para aplacar su frustración.

Mientras bebía, echó un vistazo al club. Había hombres que estaban allí con la intención de ligar, y tenían la curiosa característica de que sobrepasaban claramente la edad media de la clientela femenina, que rondaba los diecinueve años. En otras circunstancias, le habrían parecido fuera de lugar; pero ella también era mucho mayor, y tenía la experiencia suficiente como para saber que la profusión de jovencitas no la salvaría de los ligones.

Justo entonces, uno de los hombres le guiñó un ojo desde el extremo contrario de la barra. Tora frunció el ceño, cruzó las piernas y, tras bajarse un poco la falda, pidió un segundo cóctel. Siempre había odiado ese tipo de locales; aunque, en ese momento, odiaba mucho más al canalla de su asesor. ¿Cómo se atrevía a tratarla de ese modo? Especialmente, teniendo en cuenta que eran primos.

Al principio, Matthew había optado por darle excusas. Le había dicho que tuviera paciencia, que esperara un poco, que solo era cuestión de tiempo. Pero Tora no se dejó engañar y, cuando insistió en saber por qué no había recibido su parte de la herencia, su primo la miró a los ojos durante unos segundos y dijo:

—¿Te acuerdas del documento que firmaste? Me diste permiso para que me encargara de la venta de la propiedad de tus padres.

—Sí, claro que me acuerdo.

—Y también me diste permiso para que invirtiera el dinero en tu nombre.

—¿Para que invirtieras el dinero? —preguntó ella, desconcertada—. Yo no recuerdo haber...

—Tora, deberías leer la letra pequeña de los contratos —la interrumpió Matt—. Me diste un permiso notarial, y yo hice las inversiones que me parecieron oportunas. Pero no fueron tan buenas como pensaba.

—¿Qué significa eso?

—Que no queda nada. Ni un céntimo.

Al recordar su conversación, Tora se preguntó de dónde había sacado la paciencia necesaria para no saltar sobre él y estrangularlo allí mismo. No era una mujer violenta, pero su primo había tirado doscientos cincuenta mil dólares a la basura; los doscientos cincuenta mil dólares que ella había prometido prestar a Sally y Steve.

Tora se arrepintió de haber hecho caso a sus padres cuando le pidieron que aceptara a Matthew como asesor fiscal; especialmente, porque tenía un abogado en

el que confiaba: el padre de una amiga a quien conocía desde la infancia. Pero, ¿qué podía hacer? Era de
la familia, y la familia era importante para ellos.

Clavó la vista en su segundo cóctel y pasó el dedo
por el borde de la copa, sacudiendo la cabeza. Ahora
tendría que hablar con Sally y decirle que el dinero
prometido se había esfumado. O eso, o volver al
banco e intentar que le concedieran un crédito que ya
le habían negado con anterioridad.

Desesperada, se llevó la copa a los labios, cerró los
ojos y echó un trago.

–Parece que tienes sed, labios bonitos... –dijo uno
de los ligones del bar–. ¿Te puedo invitar a algo?

Tora abrió los ojos y miró al individuo que se le
había acercado, un barrigudo que sonreía de oreja a
oreja mientras sus amigos contemplaban la escena
con sorna, como si hubieran apostado al respecto.

Aquello fue demasiado para ella. Alcanzó el bolso
y llamó al camarero para pedir la cuenta. De repente,
la idea de volver a casa y beberse la botella de vino
blanco que tenía en el frigorífico no le parecía tan
deprimente. Cualquier cosa era mejor que seguir allí.

El club le disgustó a primera vista. Era demasiado
ruidoso y demasiado oscuro. Pero estaba a pocos metros de su hotel, y Rashid dio por sentado que sería un
buen sitio para ligar con alguien.

Un segundo después, cambió de opinión. Al parecer, solo había jovencitas de ropa escasa y maquillaje
excesivo, y no se parecían nada a lo que estaba buscando. Necesitaba una mujer, no una niña.

Ya se disponía a marcharse cuando vio a una morena que le llamó la atención. Estaba en uno de los taburetes de la barra, y parecía tan fuera de lugar como él mismo. Era definitivamente mayor que las demás y, lejos de ir semidesnuda, llevaba una camiseta de manga corta y una falda de tubo.

Rashid la miró durante unos momentos. Se estaba tomando un cóctel, pero con disgusto, como si estuviera enfadada con el mundo. Y le pareció perfecto. Al fin y al cabo, aquella noche no quería una persona feliz, de ojos brillantes y alegres. Prefería estar con alguien que compartiera su enojo.

Cruzó la sala y caminó hacia ella. Justo entonces, un tipo se le acercó, le dijo algo y le pasó un brazo alrededor de la cintura.

Rashid se detuvo en seco. Quizá fuera la persona adecuada para él, pero estaba acompañada. Y, por supuesto, no se iba a pelear por una mujer.

Tora sabía que necesitaba una voz amiga; alguien que escuchara, le diera una palmadita en la espalda y le prometiera que todo iba a salir bien. Sin embargo, no había ido al club en busca de nadie, y mucho menos de un sujeto que se atrevía a ponerle una mano en la cintura mientras sus amigos los observaban.

—Lo siento, pero no quiero compañía.

—Pues es una pena, porque nos llevaríamos bien.

—Lo dudo.

Ella intentó levantarse del taburete, pero él se interpuso. Por lo visto, era uno de esos tipejos que no aceptaban una negativa por respuesta.

—¿Podría apartarse, por favor?

—Oh, vamos, ¿a qué viene tanta prisa?

Tora notó su peste a alcohol y giró la cabeza, intentando alejarse del dudoso aroma. Y fue entonces cuando lo vio. Estaba entre la gente, avanzando entre ellos con la elegancia de un depredador silencioso. Era alto y de cabello oscuro, que parecía negro azulado bajo las luces del local.

–Déjeme que la invite a otra copa –insistió el barrigón, apretándose contra ella–. Puedo ser muy divertido...

–Estoy segura de ello, pero he quedado con un amigo –mintió.

Tora volvió a mirar al hombre que había despertado su interés, y el de varias de las jovencitas que abarrotaban la pista de baile. Daba la impresión de que estaba buscando a alguien y no lo encontraba.

–¿Y dónde está su amigo? Discúlpeme, pero yo diría que le ha dado plantón...

Tora le empujó un poco y se levantó del taburete, teniendo cuidado de no rozar su prominente barriga con los senos.

–No, no me ha dado plantón –replicó–. De hecho, acaba de llegar.

Rashid echó un último vistazo al club y dio la vuelta para dirigirse a la salida, convencido de estar perdiendo el tiempo.

–¡Por fin! Llegas tarde...

Él se quedó desconcertado al oír la voz. Era la mujer de la barra, y le hablaba como si lo hubiera confundido con otra persona. Pero no tuvo ocasión de sacarla de su error, porque ella se apresuró a añadir, en voz baja:

—Sígueme la corriente.

Rashid nunca habría imaginado que, un segundo después, lo agarraría del brazo, se apretaría contra su cuerpo y asaltaría su boca. Y tampoco habría imaginado que, cuando ella intentara romper el contacto, él le acariciaría la espalda de arriba a abajo y le arrancaría un gemido de placer al devolverle el beso.

Sencillamente, no lo pudo evitar. Los labios de aquella mujer eran demasiado cálidos, demasiado intensos, demasiado sensuales. Sabían a fruta y a alcohol, a limón y a verano. Sabían a gloria.

Al parecer, había encontrado lo que necesitaba. Lo que estaba buscando. Lo que ya no esperaba encontrar.

—Vámonos —dijo ella.

Su atractiva asaltante lanzó una mirada al hombre que se le había acercado en la barra. Había vuelto con sus amigos, que le daban palmaditas en la espalda como para animarlo tras su fracaso amoroso.

Rashid se preguntó qué habría dicho aquel tipo para que ella saliera disparada, se acercara a un desconocido y le diera un beso. Pero, fuera lo que fuera, no le importaba demasiado. Él había conseguido lo que quería, así que le pasó un brazo alrededor de los hombros y la llevó hacia la puerta del club.

En cuanto a Tora, estaba tan alterada que tuvo miedo de que la gente pudiera oír los desbocados latidos de su corazón. ¿Qué demonios había hecho? ¿Por qué le había besado? ¿Habría tomado más cócteles de la cuenta?

Tras pensarlo un momento, llegó a la conclusión de que los cócteles no tenían nada que ver. Se había comportado así porque estaba furiosa, enfadada con su primo, con los ligones de los bares y con el mundo entero. Librarse del barrigón no era suficiente. Quería demostrar que no estaba tan sola ni tan necesitada como para echarse en brazos de un tipo como él. Le quería dar una lección.

Y se la había dado.

Pero no esperaba que su pequeña estratagema se volviera contra ella. No esperaba que el hombre al que había usado se mostrara tan convincente en su papel. Y, por supuesto, no esperaba que el sabor de sus labios y el contacto de sus manos la dejaran embriagada y confundida.

Su involuntario salvador le había gustado tanto que tuvo que resistirse al deseo de acariciarlo. Y no era de extrañar, porque tenía un cuerpo maravillosamente duro.

Desconcertada, intentó convencerse de que se le pasaría con un poco de aire fresco. Cuando salieran, le daría las gracias, se subiría a un taxi y se marcharía antes de cometer ninguna de las locuras que se le estaban pasando por la cabeza.

Era un buen plan, y quizás habría funcionado si él no la hubiera conducido a la oscuridad de un callejón, donde la besó otra vez.

Durante los minutos siguientes, Tora se dijo que estaba cometiendo una locura, que aquello era impropio de ella, que no tenía la costumbre de besarse con desconocidos en plena calle. Pero, en ese caso, ¿por qué respondía a sus besos con idéntica pasión? Ahora estaban solos; ya no se trataba de fingir ante un cretino que quería ligar. ¿Sería el efecto del alcohol? ¿Una consecuencia indirecta de su rabia?

Tora no se engañó a sí misma. Lo besaba porque quería besarlo, porque lo encontraba irresistible.

Curiosamente, su inseguridad desapareció por culpa de la misma persona que había causado su desasosiego. El callejón estaba muy cerca de la oficina de Matt. ¿Qué pensaría si salía del despacho y la veía con un hombre en esas circunstancias?

En lugar de sentir vergüenza, se apretó contra él y lo besó con más lujuria. Que Matt pensara lo que quisiera. No era asunto suyo. De hecho, estaba tan enfadada con su primo que casi deseó que pasará por allí y se escandalizara.

—Hagamos el amor —dijo él en voz baja.

Tora habría preferido que la tomara en brazos, la llevara a su piso y se acostara con ella sin decir nada. Lo habría preferido porque, de ese modo, no se habría sentido responsable de la situación. Sin embargo, era tan responsable como él, y tenía que decir algo.

—Ni siquiera sé cómo te llamas... —replicó.

—¿Y eso importa?

A Tora no le importaba en absoluto. Si le hubiera dicho que era Jack el Destripador, le habría dado igual. Pero la pregunta reavivó las dudas que albergaba, e intentó recordar su plan anterior: subirse a un taxi, llegar a casa, sacar la botella de vino blanco e intentar olvidar la traición de su primo.

—No sé... Debería marcharme —acertó a decir.

Él la soltó, pero sin alejarse.

—¿Eso es lo que quieres? ¿Irte?

Ella se dio cuenta de que estaba haciendo esfuerzos por refrenarse; lo notaba en el calor que su cuerpo irradiaba y en la tensión de sus potentes músculos. Era un hombre fuerte, mucho más fuerte que ella. Un hombre que la podría haber tomado allí mismo si ese hubiera sido su deseo. Un hombre al que no se habría podido resistir.

Tora no sabía qué hacer. ¿Ser prudente y marcharse a casa? ¿Aceptar lo que el destino le estaba ofreciendo? Siempre había sido de las que jugaban sobre seguro; pero la idea de vivir una aventura con un desconocido le resultaba extrañamente tentadora.

Además, ¿de qué le había servido tanta sensatez y tanta cautela? De nada en absoluto. Había perdido todo lo que tenía. Y lo había perdido por culpa de su primo, quien sin duda se habría horrorizado si hubiera sabido que estaba considerando la posibilidad de acostarse con aquel hombre.

—No —contestó al final—. No me quiero ir. Quiero pasar la noche contigo.

Él asintió y declaró, en tono de advertencia:

—Solo será una noche. Es todo lo que te puedo ofrecer.

Ella sonrió.

—Me parece perfecto, porque es todo lo que quiero.

Los ojos de su amante nocturno brillaron con alegría.

—Me llamo Rashid —dijo.

—Y yo, Tora.

Rashid alzó una mano y le apartó un mechón de la cara, arrancándole un estremecimiento de placer. Luego, le dio un beso cariñoso y preguntó:

—¿Nos vamos?

Capítulo 3

A TORA no le sorprendió que la llevara al Hotel The Velatte, uno de los establecimientos más caros y lujosos de Sídney. La mayoría de la gente se limitaba a soñar con pasar una noche en alguna de sus habitaciones, pero ella ya sabía que Rashid no era como la mayoría de la gente. Un hombre normal no la habría excitado de esa manera. No habría acelerado su pulso ni la habría dejado sin aliento por el simple hecho de caminar a su lado.

Tras cruzar el vestíbulo, entraron en el ascensor. Tora ardía en deseos de besarlo otra vez, pero dentro había otra pareja, así que se tuvo que contentar con admirar sus rasgos en los espejos del habitáculo. Era la primera vez que lo veía con claridad. El club y el callejón estaban demasiado oscuros, y apenas había distinguido lo que parecía ser un semblante de líneas duras e implacables.

Sin embargo, la luz le mostró una cara que no tenía el menor rastro de severidad. Sus ojos no eran oscuros, como había creído hasta entonces, sino tan azules como la superficie del mar en un día soleado. Y sus pómulos altos resultaban tan sensuales como su nariz recta y las suaves líneas de sus labios.

Era un hombre impresionante.

La chica tímida que había en su interior se preguntó por qué querría estar con una mujer como ella. Pero la chica rebelde y atrevida, la que había entrado en el club, la que se había tomado varios cócteles y había besado a un desconocido, se alegró de haberse embarcado con él en aquella aventura.

La puerta del ascensor se abrió en uno de los pisos más altos del edificio. Rashid le pasó un brazo alrededor de la cintura y la acompañó al interior de una suite de tonos grises y pasteles, con lámparas de pie cuya luz era sutilmente dorada.

Tora pensó que, definitivamente, no estaba en compañía de un tipo del montón. Aquel lugar debía de costar una fortuna. O era rico o pretendía causar un infarto a su asesor fiscal con la factura del hotel.

–Es enorme... –dijo, sinceramente asombrada.

–Sí, es bastante grande –replicó él con desinterés, como si fuera lo más normal del mundo–. ¿Te apetece tomar algo?

Ella asintió. La boca se le había quedado seca ante la perspectiva de pasar la noche con un hombre como Rashid.

–Sí, gracias. Lo que sea.

Rashid llamó al servicio de habitaciones y les pidió que subieran una botella de champán. Después, se giró hacia Tora y, tras anunciar que el dormitorio estaba al fondo, la llevó hasta él. Era una habitación preciosa, de muebles blancos y cama gigantesca, con puertas correderas que daban a una terraza.

Pero Tora no tuvo ocasión de admirarla, porque Rashid le ofreció unas vistas mucho más interesantes. De repente, se quitó la camisa y le mostró unos pectorales dignos de los calendarios que los bomberos sacaban para recaudar fondos.

–¿Te quieres duchar? –preguntó él.

Ella se quedó sin habla durante unos segundos. Estaba ante la viva imagen de la perfección masculina. Y, cuando él se llevó las manos al cinturón de los pantalones, comprendió que debía hacer algo más que quedarse de pie como una tonta, esperando a que la sedujeran. A fin de cuentas, ya la habían seducido.

–Sí, claro... –respondió.

Tora se puso nerviosa. Se iba a acostar con un hombre que jugaba en una división superior a la suya, y no solo porque fuera rico. Rashid se comportaba con una seguridad abrumadora. Se había empezado a desnudar como si fuera lo más natural del mundo. Y esperaba que ella también se desnudara.

Tras respirar hondo, se despojó de los zapatos y se llevó las manos al dobladillo de la camiseta, que se quitó a continuación. Era dolorosamente consciente de la vulgaridad de su ropa interior. No se podía decir que tuviera una colección de lencería, pero se arrepintió de no haberse puesto un conjunto más sensual, con más encajes y transparencias.

–Me temo que mi ropa es bastante aburrida. De haber sabido que...

Él frunció el ceño y se quitó los pantalones. Llevaba unos bóxers que apenas disimulaban el abultamiento de su sexo.

Tora intentó tragar saliva, pero su boca estaba más seca que nunca.

–No me interesa tu ropa interior –dijo él–. Me interesa lo que oculta.

Rashid se acercó, se inclinó sobre ella y le dio un dulce beso en los labios. Luego, le soltó el pelo, le acarició los hombros y llevó una mano al cierre del sostén, que abrió con un movimiento casi imperceptible.

Cuando ya se lo había quitado, le bajó la cremallera de la falda y dejó que cayera al suelo. Tora clavó la vista en sus intensos ojos azules. Estaba tan excitada como insegura. Y él lo debió de notar, porque dijo:

—¿Qué ha pasado con la mujer que me asaltó en el club? ¿Dónde está su descaro?

Ella se estremeció.

—No es tan descarada como parece...

Rashid le acarició los pezones, arrancándole un gemido de placer.

—¿Ah, no?

—No... —acertó a decir—. Es que estaba enfadada.

—¿Y lo sigue estando?

—Sí, pero quiere olvidar el motivo.

Él asintió y, tras tomarla en brazos, la llevó hacia la ducha.

—Bueno, no te preocupes por eso —dijo—. Me encargaré de que olvides todo lo que tengas que olvidar.

Rashid fue fiel a su palabra. Sus labios y sus expertas manos lograron que se olvidara de todo, con excepción de la urgente necesidad de acostarse con él. Una urgencia que no había sentido nunca, y que él no parecía compartir.

Tora no era inocente. Tenía experiencia en el amor, y había fantaseado en muchas ocasiones con la posibilidad de acostarse con un desconocido; sobre todo, con un desconocido tan bien equipado como él. Y, cuando se metieron en la ducha, supuso que solo dedicarían un par de minutos al juego previo.

Sin embargo, Rashid no tenía prisa.

La besaba con pasión. Asaltaba su boca y le acariciaba los pechos o el costado mientras un torrente de agua caía sobre los dos. Sus manos se acercaban cada vez más al sexo de Tora, pero despacio, como si quisiera explorar su cuerpo milímetro a milímetro.

Ya estaba al borde de la desesperación cuando él se arrodilló, le separó las piernas con delicadeza y le introdujo un dedo. Tora estaba convencida de que el sexo no tenía secretos para ella; tan convencida como lo había estado de que Rashid la tomaría en cuanto entraran en la ducha. Y, de repente, se sintió como si fuera la primera vez que hacía el amor. Como si volviera a ser virgen.

Fue sencillamente asombroso. Rashid lamió con insistencia, excitándola mucho más allá de lo que habría creído posible, abrumándola con oleadas de placer que la dominaban por completo. El mundo se había reducido a su lengua, el agua caliente y los dedos que la penetraban. No existía nada salvo su contacto y la cercanía cada vez más inminente del clímax, que empezaba a presentir.

Al cabo de unos momentos, él movió los labios sobre su clítoris y le arrancó un orgasmo tan feroz que Tora gritó con todas sus fuerzas. Gritó aunque se había mordido el labio para intentar refrenarse. Gritó con la intensidad del torbellino que Rashid había desatado.

Rashid impidió que Tora se derrumbara en el suelo de la ducha cuando sus piernas flaquearon. La sostuvo en su momento más lánguido con la misma dedicación que había demostrado con sus manos y su boca. Y, a pesar de la experiencia que acababa de vivir, ella deseó que la penetrara.

Pero Rashid no la tomó. En lugar de eso, salió de la ducha y dijo:

—Maldita sea...

Tora parpadeó.

—¿Qué ocurre?

Él alcanzó una toalla y se la puso alrededor del cuerpo, mientras ella se preguntaba si habría hecho algo mal.

—Nada que no tenga solución —respondió Rashid—. Pero, para eso, tendremos que volver al dormitorio.

Rashid la llevó a la cama, abrió el cajón de la mesita de noche y sacó un preservativo, que ella miró con sorpresa. Estaba tan excitada que habría hecho el amor sin protección. Pero, por fortuna, su amante no había perdido la capacidad de pensar.

—¿Y bien? ¿Dónde nos habíamos quedado?

Él sonrió y se puso entre sus piernas. Tora cerró una mano sobre su duro sexo y, tras llevarlo a su parte más íntima, declaró:

—Aquí.

Los ojos de Rashid brillaron con deseo, y Tora dejó escapar un grito ahogado cuando le estiró los brazos por encima de la cabeza y, sin soltarle las manos, la penetró con una larga y suave acometida.

A ella le gustó tanto que casi se asustó. ¿Qué le estaba pasando? Solo era una aventura, una simple y pura relación sexual. Pero lo único que le importaba en ese momento era ese mismo momento. Todo lo demás le parecía irrelevante.

Rashid la besó con tal veneración que ella se preguntó si estaría sintiendo lo mismo. Luego, de repente, salió de su cuerpo y la dejó con una intensa sensación de vacío. Tora estuvo a punto de gemir. Quiso alcanzarlo, agarrarlo y forzarlo a volver a su interior. Pero no fue necesario, porque la penetró de nuevo y se empezó a mover con energía.

Sus cuerpos brillaban por el sudor. Las sensaciones se acumulaban una tras otra, y no había sitio adonde huir, ningún lugar donde ocultarse. Estaban presos en la danza del amor, sometidos a oleadas de placer que, al final, alcanzaron de lleno a Tora y la dejaron sin aire, completamente satisfecha.

Rashid, que llegó al orgasmo segundos después, le dio un beso en la frente y susurró:

–Gracias.

Tora pensó que debía de ser adivino, porque había pronunciado la misma palabra que ella iba a pronunciar.

Rashid la estuvo admirando en la penumbra de la habitación. Su pecho subía y bajaba muy despacio, y él se preguntaba quién era aquella mujer que había aparecido en el momento preciso, cuando más falta le hacía.

Le había gustado tanto que había estado a punto de olvidar el preservativo. Y era la primera vez que le pasaba.

La primera en toda su vida.

Sacudió la cabeza y lo achacó a las revelaciones del día anterior. Tenía que ser eso. Aparentemente, estaba tan afectado que se había dejado llevar y había perdido la concentración. Sin embargo, no podía negar que la pasión de Tora había avivado algo profundo en el fondo de su ser.

Se apoyó en un codo y acarició su largo cabello, que caía sobre la almohada. Era tan suave y salvaje como ella. Y, mientras jugueteaba con sus mechones, se alegró de haber entrado en el club.

De todas sus relaciones esporádicas, aquella había sido la más intensa; de todos sus amores de una sola noche, el más pleno.

Pero aún no estaba satisfecho.

Se inclinó y le dio un beso en los labios. Tora abrió los ojos y, tras mirarlo con sorpresa, le dedicó una sonrisa encantadora.

—Hola... —dijo—. ¿Es hora de que me vaya?

Él la tomó entre sus brazos.

—En modo alguno. De hecho, no te vas a ir a ninguna parte.

Capítulo 4

AÚN estaba oscuro cuando el teléfono móvil de Tora empezó a sonar. Momentáneamente desorientada, se levantó a duras penas y alcanzó el bolso. Rashid seguía dormido, tumbado boca arriba. Tenía un aspecto magnífico, y era tan grande que la gigantesca cama parecía pequeña para él.

–¿Dígame? –preguntó en voz baja.

–Hola, Tora, soy Sally.

–¿Sally? ¿Qué ocurre?

–Bueno... sé que es tu día libre, pero ha surgido algo urgente y me preguntaba si podrías venir –contestó.

Tora suspiró y se echó el cabello hacia atrás. No tenía ganas de trabajar. Casi no había pegado ojo y, por otra parte, tenía tan malas noticias para su amiga que prefería retrasar un poco su encuentro.

–¿No se lo puedes pedir a otra persona?

–Me temo que no.

Tora supo que le estaba diciendo la verdad. Sally no habría interrumpido su primer día libre en dos semanas si hubiera tenido otra opción.

–Está bien, si no hay más remedio...

–Ah... será mejor que traigas el pasaporte. Puede que lo necesites.

–¿El pasaporte? ¿Adónde tengo que ir?

–Aún no lo sé, pero puede que lo sepa cuando lle-gues.

Tora se despidió de su amiga y, tras cortar la comu-nicación, volvió a mirar al hombre con el que había hecho el amor. Jamás habría creído que alguien le pudiera dar tantos orgasmos en una sola noche.

Pero solo había sido eso: una aventura de una sola noche. Y era consciente de que no se debía hacer ilu-siones al respecto.

Recogió su ropa, entró en el cuarto de baño y se vistió, pensando que sería lo mejor. Así se ahorraban la despedida, seguramente incómoda. Y también se aho-rraban la posibilidad de que alguno de los dos se mos-trara demasiado esperanzado o necesitado.

Al cabo de un par de minutos, volvió al dormito-rio, alcanzó sus zapatos y lanzó una última mirada a Rashid.

Había pasado la noche con un desconocido.

Una noche maravillosa.

Rashid había cumplido su palabra, y había logrado que olvidara el dolor y la ira por la traición de su primo. La había sacado de su encierro emocional y, durante unas horas mágicas, la había llevado a un mundo donde solo existía el placer.

Tora salió de la habitación y cerró la puerta con sumo cuidado, sin hacer ruido.

Aquel hombre le había dado mucho más de lo que esperaba recibir. Y lo llevaría mucho tiempo en su memoria.

Rashid estaba cansado cuando despertó. Había dormido poco, y era demasiado consciente de todas las cosas que tenía que hacer, empezando por la reunión con el abogado y con el visir. Sin embargo, sus obligaciones podían esperar. Las urgencias del día eran menos importantes que la mujer con quien se había acostado.

Extendió un brazo y la intentó tocar, pero no lo consiguió. Perplejo, abrió los ojos y se quedó boquiabierto al ver que no estaba allí.

–¿Tora? –dijo en voz baja.

No hubo respuesta. Solo se oía el zumbido del aire acondicionado.

–¿Tora? –repitió en voz alta.

Rashid se levantó y miró en el cuarto de baño y en el salón de la suite. Incluso abrió las puertas correderas de la terraza, pensando que quizá se había servido un café y había salido para no despertarlo mientras desayunaba. Pero la terraza estaba tan vacía como el resto de las habitaciones.

Se había ido sin decir una sola palabra.

Se había ido sin despedirse.

El humor de Rashid se agrió, y sus pensamientos posteriores lo empujaron hacia el otro problema que debía resolver: las revelaciones del día anterior.

Su abogado había organizado una reunión con Kareem, el visir de Qajaran. A Rashid no le había hecho ninguna gracia, porque aún estaba indignado con la información que había recibido. Él, que se creía dueño de su vida, descubría de repente que había sido un títere de otros. Pero cabía la posibilidad de que el visir le diera las respuestas que necesitaba, y no quería llegar tarde a su cita.

Solo después, si quedaba convencido de la veracidad de la información, aceptaría hacerse cargo de su hermana pequeña. O más bien de su hermanastra, porque era el producto de la relación de su padre con otra mujer. La hija de una concubina y del hombre que había abandonado a Rashid cuando apenas era un bebé.

Por desgracia, había preguntas que el visir no podía contestar. Si aquella joven era su hermanastra, él tendría que asumir su responsabilidad y llenar el vacío que había dejado la muerte de sus padres, porque se había quedado huérfana. Pero, ¿cómo llenar el vacío de otra persona cuando era incapaz de llenar su propio vacío?

Volvió a mirar la cama y se dirigió a la ducha, rememorando lo sucedido durante su larga noche de amor. Lo habían hecho muchas veces, más de las que podía recordar. Y, cada vez que abría los ojos, ella seguía a su lado y se mostraba más dispuesta a hacerlo y más apasionada que antes.

No era extraño que la echara de menos.

No era extraño que se sintiera abandonado.

Pero solo había sido una aventura. Había entrado en un club en busca de una mujer con quien pasar la noche, y había obtenido más de lo que esperaba.

Pensándolo bien, era mejor así. Tora le había hecho un favor al marcharse de esa manera. Le había ahorrado una distracción que no necesitaba y, sobre todo, le había ahorrado la despedida. Una despedida que habría resultado particularmente difícil.

Rashid se llevó una sorpresa con el visir. Había supuesto que sería pequeño, nervudo y astuto; pero el hombre que su abogado le presentó en la biblioteca

era un gigante de aspecto agradable y edad tan inde-
terminada que no había podido decir si tenía cincuenta años u ochenta. Y, en lugar de llevar traje y
corbata, llevaba una túnica y unas sandalias con las
que parecía sentirse perfectamente cómodo.

–Encantado de conocerte, Rashid –dijo Kareem,
con una inclinación de cabeza–. Eres la viva imagen
de tu padre.

Rashid se estremeció.

–¿Conociste a mi padre?

El visir asintió.

–Sí, y a ti también, aunque estoy seguro de que no
te acordarás. Por entonces, solo eras un bebé... Pero
me alegro de volver a verte.

El abogado se excusó en ese momento y los dejó a
solas.

–¿Qué haces aquí? –preguntó Rashid, sin andarse
por las ramas–. ¿Por qué me pediste esta reunión?

–Porque la muerte de tu padre ha desatado una
serie de cuestiones de las que deberías ser consciente,
aunque me temo que te van a disgustar.

Rashid suspiró. Estaba harto de acertijos, y seguía
sin creer que el hombre que había fallecido recientemente fuera lo que su abogado y el propio visir afir-
maban: su padre.

–Tendrás que darme algo más que palabras si quieres convencerme de que la información que recibí
ayer es correcta –replicó, muy serio–. Por lo que yo
sé, mi padre murió cuando yo era un niño.

–Es lo que tu padre quiso que creyeras.

–¿Y por qué querría semejante cosa?

El visir alzó las manos, como en gesto de rendición.

–Buena pregunta. A decir verdad, no tomó esa decisión pensando en ti, sino en todo el mundo. Quería que todos lo creyeran muerto, y que...

–¿Y mi madre? –lo interrumpió–. ¿Me vas a decir ahora que sigue viva? ¿Que se dedica a disfrutar de la existencia tras haber abandonado a su propio hijo?

Kareem sacudió la cabeza.

–Me encantaría decirte que sigue viva... pero, desgraciadamente, falleció cuando tú eras un bebé. Esa parte de la historia que te contaron es cierta.

Rashid guardó silencio.

–Sé que esto es muy difícil para ti, y lo será más cuando sepas el resto –continuó el visir.

–¿Te refieres a mi supuesta hermanastra? Ya me lo han contado.

–No, no me refería a Atiyah.

–Entonces, ¿de qué estás hablando? Aún no has contestado a mi pregunta, Kareem. ¿Qué estás haciendo aquí? ¿Qué tienes que ver tú con los asuntos de mi difunto padre?

El visir le lanzó una mirada cargada de solemnidad y habló lenta y cuidadosamente, como para rebajar el disgusto de su interlocutor.

–Sé que te engañaron, Rashid. Te hicieron creer que tu padre era sastre, y que falleció en un accidente laboral. Pero ninguna de las dos cosas era cierta. Tu padre fue miembro de la familia real de Qajaran.

Rashid cerró los ojos durante unos segundos y pensó en el pequeño país de Kareem, que conocía bien por su trabajo en la industria petrolera. Sabía que sus circunstancias políticas eran bastante problemáticas, pero hacía lo posible por mantenerse al margen. Como ingeniero, había aprendido a no involucrarse en los asuntos internos de los países que visitaba.

Sin embargo, la declaración del visir lo cambiaba todo.

—¿Qué significa eso de que era miembro de la familia real? —preguntó—. ¿Quién era exactamente mi padre?

—Uno de los sobrinos del emir. El hombre que debía sustituirlo en el poder.

—¿Sustituirlo? Corrígeme si me equivoco, pero el emir tenía un hijo, Malik...

—Sí, un hijo al que consideraba demasiado débil y egoísta como para asumir el Gobierno de la nación.

Rashid lo miró con desconfianza.

—Si lo que dices es cierto, ¿cómo es posible que acabara viviendo aquí, en Australia? ¿Qué sucedió?

Kareem echó un trago del refresco que le habían servido y dijo:

—Tu padre fue un gran jugador de polo. Estaba fuera del país, en una competición, cuando el emir falleció súbitamente. De hecho, su muerte fue tan súbita y extraña que hubo quien la encontró de lo más sospechosa. Pero no se pudo demostrar que fuera asesinato y, cuando tu padre regresó, descubrió que el hijo del emir había asumido el poder y movilizado las tropas en su defensa.

—Oh, Dios mío...

—Tu padre no sabía nada, y lo arrestaron en cuanto llegó a palacio. Pero era muy popular entre la gente... y como su desaparición física habría causado una revuelta, Malik optó por una estrategia menos drástica.

—El exilio, supongo.

—No, Malik no era tan piadoso. Le nombró asesor para calmar las aguas y, acto seguido, se encargó de que sufriera un lamentable accidente. Sin embargo, tu padre tenía amigos en palacio, y le informaron de que su helicóptero se iba a estrellar cuando se dirigiera a la ceremonia de coronación.

Rashid sacudió la cabeza en silencio.

—Mi predecesor le salvó la vida, Rashid. Era consciente de que Malik lo perseguiría y acabaría con él más tarde si resultaba ileso, así que trazó un plan para engañarlo. Sacaron varios cadáveres de la morgue y los metieron en el helicóptero, que naturalmente se estrelló... pero solo después de que tu padre saltara en paracaídas. Incluso se aseguraron de que encontraran ropa de niño entre los restos.

Rashid sintió un escalofrío.

—¿Ropa de niño? ¿Por quién? ¿Por mí...?

El visir asintió.

—Sí, por ti. El emir no habría descansado hasta eliminar a toda tu familia —contestó—. Sin embargo, vuestra salvación tuvo un precio. Tu padre se comprometió a no volver nunca a Qajaran y a vivir en el extranjero con una identidad falsa.

—Pero, ¿por qué me abandonó?

—No te abandonó. Se tuvo que separar de ti porque te parecías demasiado a él, y existía el peligro de que alguien os reconociera a pesar de los nombres falsos.

—Y yo crecí solo, pensando que mi padre había muerto...

—Solo, pero a salvo —puntualizó el visir.

Rashid frunció el ceño.

—Sin embargo, Malik falleció hace un año. ¿Por qué guardó silencio mi padre? ¿Por qué no reclamó el trono?

Kareem se encogió de hombros.

—Tu padre era un hombre de honor. Había prometido que no volvería a Qajaran, y quiso ser fiel a su palabra.

–No, eso no tiene sentido. Comprendo que no quisiera volver, pero... ¿por qué no me lo dijo a mí? ¿Por qué me mantuvo en la ignorancia? ¿Por una promesa de hace tantos años? –quiso saber.

El visir suspiró.

–Tu padre pensó que era mejor que no supieras nada. Hablé con él tras la muerte de Malik, y le rogué que se pusiera en contacto contigo y te explicara la situación. Pero se negó en redondo. Dijo que ya te habían hecho bastante daño. Y me hizo jurar que guardaría silencio mientras él siguiera con vida.

–¿Cómo es posible? –preguntó, indignado–. No tenía derecho a ocultarme la verdad.

–No pienses mal de tu padre, Rashid. Las circunstancias lo obligaron a separarse de su propio hijo y a seguir sus pasos en la distancia, mirando los periódicos en busca de noticias sobre lo que estaba haciendo. Pero me consta que se sentía muy orgulloso de ti.

–Pues tuvo una forma extraña de demostrarlo...

–No tan extraña. Era consciente de que, si llegabas a saber quien eras, tendrías que asumir las responsabilidades derivadas.

–¿Las responsabilidades derivadas?

El visir lo miró fijamente.

–¿Aún no lo has entendido, Rashid? Eres el heredero legítimo –declaró–. He venido a pedirte que vuelvas conmigo a Qajaran y te sientes en el trono.

Capítulo 5

RASHID no lo pudo evitar. Ya había adivinado sus intenciones; pero, a pesar de ello, la idea le pareció tan ridícula que soltó una carcajada.

–Discúlpame –dijo Kareem, ofendido–, pero yo no tengo la costumbre de reírme de asuntos tan importantes.

Rashid se puso serio de inmediato, aunque pensó que el visir carecía de sentido del humor.

–Puede que me hayas dicho la verdad, y que mi padre fuera quien afirmas. Sin embargo, mis conocimientos sobre Qajaran son bastante escasos –alegó–. Solo he estado dos o tres veces, descontando mi supuesta infancia en tu país. Tiene que haber alguien más cualificado que yo. Alguien mejor para el cargo.

Kareem sacudió la cabeza.

–Tras la muerte de Malik, se produjo un vacío de poder. El Consejo de Ancianos ha asumido las responsabilidades de gobierno, pero Qajaran necesita un líder fuerte, y no hay nadie mejor que tú. Era lo que tu padre quería al principio, antes de que cambiara de opinión y decidiera dejarte vivir tu vida.

–Un padre al que yo no conocí –le recordó Rashid con amargura–. Si es que efectivamente era mi padre, por supuesto... ¿Qué pruebas tengo de que lo fuera? ¿Pretendes que me limite a creer en tu palabra?

Kareem asintió.

–Sinceramente, me habría preocupado si hubieras aceptado el cargo de buenas a primeras, porque significaría que el poder te interesa mucho más que las personas –declaró el visir–. Pero, dicho esto, tengo algo que quizás ayude a despejar tus dudas. Es de tu padre. Malik pensó que había destruido todas sus pertenencias, pero se equivocaba.

Kareem metió una mano entre los pliegues de la túnica y sacó un objeto, que le dio. Era un viejo y arrugado cartapacio de cartón. Contenía la fotografía de un hombre montado a caballo que iba vestido con los colores de la bandera de Qajaran: naranja, blanco y rojo.

Rashid se quedó helado al verla. Aquel hombre parecía su reflejo. Tenía los mismos pómulos altos, la misma nariz recta y los mismos ojos azules.

–Dios mío...

–¿Lo ves? Ya no lo puedes negar. Era tu padre, Rashid... Y tu país te necesita. Ha sufrido treinta años de gobierno corrupto; treinta años perdidos por culpa de un emir que solo se preocupaba de llenarse los bolsillos a costa del erario público. Pero ha llegado el momento de reconstruir lo que se perdió. Necesitamos un líder que cambie las cosas.

Rashid sacudió la cabeza.

–La gente no me aceptaría. Se supone que fallecí hace décadas, en un accidente de helicóptero. ¿Por qué van creer que soy el heredero?

–La gente tiene buena memoria. Malik hizo lo posible por borrar el recuerdo de tu familia, pero no lo consiguió.

–No, Kareem... Para ellos estoy muerto. Y los muertos no vuelven a la vida.

–Entre los restos del helicóptero no había ningún cadáver de niño. Malik supuso que te devoraron las bestias del desierto, pero nadie lo pudo confirmar –observó el visir con paciencia–. Además, los ciudadanos de Qajaran necesitan desesperadamente un milagro. Y tu regreso sería ese milagro.

–Es una locura, una absoluta locura... Soy ingeniero de la industria petrolera. Ese es mi trabajo. Eso es lo que hago.

–Pero naciste en Qajaran, y naciste para gobernar. Lo llevas en la sangre.

Rashid se acercó al balcón y se quedó mirando el tráfico de vehículos y personas. Todos iban a alguna parte. Nadie los paraba para decirles que la vida que habían llevado era una mentira y que debían ser algo que no querían ser. Pero él no tenía tanta suerte. De repente, era responsable de un país entero y de una hermana pequeña que ni siquiera conocía.

Sacudió la cabeza y reflexionó un momento sobre su situación. Siempre había estado solo. La única familia que tenía eran sus tres amigos del alma, sus hermanos del desierto: Zoltan, Bahir y Kadar. Se habían conocido en la universidad, y se habían caído mal de inmediato. Pero su relación cambió radicalmente cuando el destino los puso en el mismo equipo de remo y ganaron todas las carreras.

Desde entonces, eran inseparables. O al menos lo habían sido hasta que sus amigos se casaron y tuvieron hijos.

–Dime una cosa, Kareem... ¿Por qué debo ir? ¿Por qué debo asumir esa carga?

–Porque eres la persona más apropiada. He leído sobre ti. Te he investigado, y conozco tus logros profesionales. Sabes negociar y poner de acuerdo a personas con intereses contrapuestos –contestó.

Rashid se giró hacia el visir y abrió la boca para decir algo, pero Kareem alzó una mano y añadió:

–Sí, ya sé que no estás buscando un empleo, pero esto no tiene mucho que ver con tus cualificaciones. Tu padre iba a dirigir el país cuando las circunstancias lo empujaron al exilio. Tu eres su heredero y, en consecuencia, también has heredado sus responsabilidades.

–¿Mis responsabilidades? Lo dices como si no tuviera elección...

Kareem lo miró con dureza.

La tienes. La decisión es tuya, no mía. Yo me he limitado a explicarte la situación.

Rashid no era precisamente ajeno al concepto de deber. Y tampoco lo eran sus amigos. Bahir, Kadar y él mismo habían ayudado a Zoltan a rescatar a la princesa Aisha y a liberar a su hermana, la princesa Marina, de las garras de Mustafá. Eran hombres de honor, y hacían lo que debían. Pero nunca se había encontrado en la necesidad de asumir un deber tan desagradable como el que Kareem le estaba ofreciendo.

Si lo aceptaba, no volvería a ser libre en toda su vida. Si lo rechazaba, se sentiría eternamente culpable.

–Piénsalo bien –continuó el visir–. Son demasiadas noticias y demasiado importantes como para tomar una decisión sobre la marcha... Pero, mientras lo piensas, te ruego que vengas conmigo y veas personalmente el país. A ser posible, en compañía de Atiyah, porque esto es algo que también afecta a tu hermanastra.

–¿Quieres que vaya al lugar donde nos intentaron

asesinar a mi padre y a mí mismo? ¿Con una niña pequeña?

–Malik ha muerto. Ya no tienes nada que temer –le recordó–. Ven conmigo, Rashid. Además, ¿quién sabe...? Puede que al pisar las antiguas arenas de sus desiertos vuelva a latir el corazón de Qajaran en tu alma.

Rashid solo podía decir una cosa, así que la dijo:

–Muy bien, te acompañaré. Pero no me comprometo a nada más.

Kareem asintió.

–Ni yo te pido más por el momento –dijo–. Y ahora, hagamos entrar a tu abogado. Hay asuntos legales que debemos resolver.

–¿Qué estarán haciendo? ¿Cómo pueden tardar tanto?

Tora se estaba empezando a impacientar. Había tenido que volver a casa a toda prisa, hacer el equipaje rápidamente y salir disparada hacia el hospicio donde había quedado con Sally, para recoger al bebé que descansaba ahora en una cuna. Pero esa solo había sido la primera parte de su día. Después, les habían pedido que lo llevaran al bufete de un abogado. Y allí seguían, sentadas en el vestíbulo.

–No lo sé, pero espero que no tarden mucho más –respondió su jefa y amiga–. He quedado con los médicos de Steve en menos de una hora.

–No se preocupen –intervino la recepcionista, una mujer de mediana edad–. Estoy segura de que saldrán pronto.

Justo entonces, el bebé rompió a llorar. Tora lo

sacó de la cuna y lo meció con suavidad hasta que se tranquilizó. Era una criatura preciosa, de ojos oscuros y ricitos negros, destinada a ser una mujer impresionante. Pero, de momento, solo era un bebé sin padres.

–¿Cómo está Steve?

Sally le lanzó una mirada cargada de desesperación, y Tora pensó que había envejecido varios años en el transcurso de unas pocas semanas.

–Luchando, aunque no sabemos si soportará el vuelo a Alemania. Su estado es grave, y no lo podrán mover si no mejora –dijo–. Por cierto, ¿qué pasó ayer con tu primo? No te quiero presionar, pero la situación es desesperada. ¿Te ha dicho algo sobre el dinero?

Tora bajó la cabeza.

–Bueno, resulta que...

–Oh, no –la interrumpió Sally–. No he debido preguntar. Hoy no estoy de humor para recibir malas noticias.

Tora no quería dar un disgusto a su amiga, que necesitaba el dinero para pagar el vuelo a Alemania y el tratamiento posterior de Steve. Además, seguía convencida de que podía encontrar la suma necesaria por otras vías, así que mintió sobre su primo y dijo:

–Descuida, solo se trata de un pequeño retraso, por culpa del papeleo. Ya sabes cómo son estas cosas.

–Si tú lo dices... –Sally echó un vistazo al reloj–. Pero, hablando de papeleo, me temo que te voy a dejar con el del bebé. No puedo llegar tarde a mi cita.

–Lo comprendo perfectamente –dijo Tora, forzando una sonrisa–. Y no te preocupes por nada. Te enviaré los detalles por correo electrónico y adjuntaré la documentación. Ahora tienes que pensar en Steve. Es lo más importante.

Sally se levantó y le dio un beso en la mejilla.

—Gracias, Tora. Y cuida de nuestra pequeña muñequita.

—Por supuesto —dijo—. Da recuerdos a Steve...

Sally ya se había ido cuando la puerta del despacho se abrió y apareció un hombre de edad avanzada y cabello blanco.

—Joan, ¿podrías hacer pasar a las señoritas?

El hombre lanzó una mirada a Tora, y frunció el ceño al ver que estaba sola.

—Lo siento, pero Sally Barnes se ha tenido que ir.

—Es comprensible. Hemos tardado mucho más de lo que esperaba... —declaró—. Gracias por ser tan paciente, señorita Burgess. Si hace el favor de seguirme, le presentaré al tutor de nuestra pequeña.

El abogado empujó la puerta del despacho y la invitó a entrar. Cuando ya estaban dentro, se dirigió a sus clientes y dijo:

—Caballeros, permítanme que les presente a Atiyah. La señorita que la lleva en brazos es Victoria Burgess, empleada de la agencia Flight Nanny. Como saben, su empresa está especializada en el cuidado y acompañamiento de menores que, por algún motivo, deben viajar solos. Irá con ustedes a Qajaran y se encargará de la niña.

Tora arqueó las cejas, sorprendida. Había estado en muchos países de Europa y Asia, pero era la primera vez que iba a viajar a un país de Oriente Medio.

Aún lo estaba pensando cuando un anciano alto y de aspecto agradable se acercó al bebé y le acarició la mejilla mientras susurraba unas palabras afectuosas. Tora supuso que sería el tutor de Atiyah, y se dijo que la pequeña estaba en buenas manos.

El anciano, que se presentó como Kareem, salió del despacho un segundo después. Por lo visto, tenía que hablar con el piloto del avión. Y, justo entonces, Tora oyó una voz que la dejó helada. Una voz tan seca y contundente como el desierto. Una voz que reconoció al instante, porque era la del hombre con quien había pasado la noche más apasionada de su vida.

–¿Victoria? Bonito nombre... Si no recuerdo mal, uno de sus diminutivos es Tori. Aunque también hay gente que usa el de Tora.

Rashid se levantó de la silla donde estaba sentado y la miró con intensidad.

–Sí, es cierto –acertó a decir ella–. Aunque no creo que sea muy relevante...

–Yo tampoco lo creo –intervino el abogado, confundido con el comentario de su cliente–. Pero acérquese, Rashid. Estoy seguro de que querrá conocer a su hermana.

A Tora se le encogió el corazón. ¿Sería posible que la niña que llevaba en brazos fuera nada más y nada menos que la hermana de Rashid?

Rashid no tenía prisa por ver a su hermanita. Había tomado la decisión de viajar a Qajaran y de llevársela con él, pero no ardía precisamente en deseos de conocerla. Por lo menos, hasta que reconoció a la mujer que la sostenía. La mujer con quien había pasado la noche.

–Acérquese, por favor –insistió el abogado.

Rashid se acercó, y se maldijo para sus adentros al notar el aroma de Tora. Era como si el destino le estuviera gastando una broma. Primero, su difunto padre le dejaba la pesada carga de cuidar de una niña de pocos meses; después, el visir le pedía que dirigiera los destinos de todo un país y, finalmente, por si no tuviera ya suficientes problemas, se encontraba con la única mujer que había conseguido volverlo loco de deseo.

—¿La quieres sostener? —preguntó ella.

Él dio un paso atrás.

—No.

—No se va a romper...

—He dicho que no.

Rashid se giró hacia el abogado y, para sorpresa de Tora, preguntó:

—¿No hay otra persona más adecuada?

—¿A qué se refiere?

—A esta mujer. ¿No hay nadie que pueda cuidar mejor de Atiyah?

—Le aseguro que la señorita Burgess es una gran profesional. No obstante, le puedo enseñar sus credenciales.

—No, no será necesario.

—Si hay algún problema... —dijo Tora.

—Por supuesto que hay un problema. Pero preferiría que lo discutiéramos en privado.

El abogado los miró con nerviosismo y, tras excusarse rápidamente, los dejó a solas en el despacho.

—¿Qué estás haciendo aquí? —preguntó Rashid—. ¿Cómo me has encontrado?

—¿Encontrarte? Yo no te estaba buscando... Mi jefa me ha pedido que me encargue de este trabajo. No sabía que Atiyah fuera hermana tuya.

—¿Insinúas que es una casualidad?

—No es una insinuación, es un hecho. Pero cree lo

que quieras. A mi me pagan por acompañar al bebé durante el viaje. Y, sinceramente, ya me había olvidado de ti.

Rashid apretó los dientes, ofendido. ¿Cómo se atrevía a decirle que lo había olvidado? Hasta entonces, siempre había sido él quien olvidaba a sus amantes.

−¿Te dedicas a cuidar niños?

−Sí, es mi especialidad. Aunque también tengo otras habilidades profesionales.

−Lo sé. Anoche me lo demostraste.

−Eso no viene al caso, Rashid...

Él sacudió la cabeza.

−Puede que tengas razón, pero no voy a permitir que nos acompañes a Qajaran. Quiero que tu agencia envíe a otra persona.

−¿Por qué? −preguntó ella.

−Porque una mujer como tú no puede cuidar de una criatura inocente.

Tora soltó una carcajada.

−¿Una mujer como yo? ¿Qué significa eso? ¿Por quién me has tomado?

−Por alguien que se dedica a ir de bar en bar en busca de hombres con los que acostarse, como una vulgar prostituta −contestó.

−Oh, vaya, así que soy una prostituta... ¿Y qué es entonces un hombre que va de bar en bar en busca de mujeres con las que acostarse? −preguntó con sorna−. Si yo no puedo cuidar de Atiyah, tú no puedes ser su tutor.

−No estamos hablando de mí, sino de ti.

−Estamos hablando de tu doble moral, Rashid.

Él se sintió terriblemente frustrado. Por supuesto,

no creía que Tora fuera una prostituta; pero debía encontrar la forma de quitársela de encima. Estaba en una situación muy difícil, y no podría pensar con claridad si la tenía cerca.

—¡Quiero que tu agencia envíe a otra persona! —repitió.

—Lo siento, pero no hay nadie más. Todos las empleadas de Flight Nanny están ocupadas en otros asuntos.

—Pues no quiero que vengas con nosotros.

—¿Y crees que yo lo estoy deseando? —replicó—. Cuando te he visto, me he sentido como si la tierra se abriera bajo mis pies... Pero no te preocupes por mí. No busco una repetición de lo de anoche. No estoy aquí por ti, sino por la niña.

En ese momento, llamaron a la puerta. Era Kareem.

—Siento la interrupción —declaró—, pero me han dicho que el avión estará preparado para despegar dentro de dos horas.

Tora se giró hacia Rashid y dijo:

—¿Y bien? ¿Vas a explicar a todo el mundo por qué quieres que mi agencia envíe a otra persona? ¿O prefieres que lo haga yo?

Rashid suspiró. No tenía más remedio que aceptar sus servicios. Pero, pensándolo bien, ¿qué podía pasar? Los acompañaría a Qajaran y, acto seguido, tomaría otro avión y volvería a casa. Si todo iba bien, se libraría de ella en unas pocas horas.

—Habría preferido que enviaran a una mujer mayor —mintió—. Pero supongo que tendré que conformarme.

Capítulo 6

TORA amarró la cuna al asiento trasero de la limusina y respiró hondo.

Lo había conseguido. Había evitado que Rashid rompiera el contrato con Flight Nanny, y que Sally se llevara un buen disgusto. Además, habría sido muy difícil de explicar. ¿Cómo decirle a su amiga que el tutor de Atiyah era el hombre con el que se había acostado la noche anterior, tras conocerlo en un club?

Por suerte, Rashid había cambiado de opinión. Y, al pensar en lo sucedido, Tora se preguntó por qué se había mostrado tan beligerante. ¿Estaría casado? ¿Sería ese el problema?

No tenía forma de saberlo. Rashid le había ofrecido una noche de amor, y ella la había aceptado como correspondía, sin hacer preguntas ni pedir explicaciones. Y le había parecido lo correcto. O, por lo menos, se lo había parecido hasta que entró en el bufete del abogado y se encontró con él.

Fuera como fuera, era obvio que ya no estaba con la misma persona. Su amante nocturno se había mostrado firme, atrevido, directo; su cliente, inseguro y a la defensiva.

¿Qué le había pasado?

Kareem se sentó en el asiento del copiloto y, tras girarse hacia ella, preguntó:

–¿Necesita algo, señorita Burgess?
Ella sacudió la cabeza.
–No, gracias. Atiyah y yo estamos perfectamente.
Kareem asintió.
–Entonces, pongámonos en marcha...
Tora frunció el ceño.
–¿Sin Rashid?
–Su excelencia irá por su cuenta. Nos encontraremos en el aeropuerto.
–Ah...
La respuesta de Kareem la dejó más confundida que nunca. ¿Su excelencia? ¿Con quién había pasado la noche? ¿Con quién se había acostado?

Ya no tenía remedio. Tora los iba a acompañar. Y estarían inevitablemente juntos durante el largo vuelo a Qajaran.

Rashid miró la carretera de la costa, que su chófer acababa de tomar, y se recordó que solo serían unas cuantas horas. Cuando llegaran a su destino, ella regresaría a Australia y él podría seguir con su azarosa vida.

Sin embargo, su planteamiento tenía un pequeño defecto: que, por mucho que lo negara, habría dado cualquier cosa por repetir su noche de amor. Tora le gustaba demasiado. Y, en esas circunstancias, unas cuantas horas podían ser una eternidad.

Al cabo de unos minutos, Rashid se dirigió al conductor y le pidió que se detuviera. Estaban a los pies de un acantilado contra el que rompían las feroces olas del océano Pacífico, azuzadas por el viento. A la derecha, la carretera giraba y se alejaba de la costa; a la izquierda, un enorme cementerio se encaramaba a la falda de una colina con su profusión de cruces y esculturas de piedra.

Era un lugar abrupto, salvaje, sombrío. El lugar perfecto para olvidarse de Tora.

Rashid echó a andar por el camino de grava que se internaba en el cementerio. El abogado le había marcado la tumba en un mapa, que no tuvo que volver a consultar. La dirección estaba clara. No tenía pérdida. Y, poco después, se encontró ante el lugar donde yacían su padre y la mujer que había sido su compañera.

Ni siquiera había llevado un ramo de flores. ¿Para qué? No estaba allí para honrar a nadie. No estaba allí para derramar lágrimas. A decir verdad, no sabía por qué estaba allí. Sencillamente, se había sentido en la necesidad de visitar la tumba antes de abandonar el país.

Si hubiera estado vivo, le habría preguntado muchas cosas; cosas que necesitaba oír de sus labios, por mucho que Kareem y su propio abogado se las hubieran contado ya. Quería saber si lo había echado de menos, si había pensado en él cuando cumplía años, si se había sentido vacío durante su larga separación.

Rashid sabía que no encontraría respuestas en una lápida. Pero se quedó un buen rato, clavado en el sitio como un centinela, mientras el viento lo azotaba. Y, antes de marcharse, declaró con gravedad:

–Nunca entenderé por qué hiciste lo que hiciste. Pero no te perdonaré nunca.

El reactor era tan silencioso que no se oía ni el sonido de los motores. Tora estaba sentada en uno de los gigantescos sillones de cuero, aún asombrada con el lujo del aparato. Había volado una vez en primera clase, acompañando al hijo de una estrella del rock and roll. Pero aquello no tenía nada que ver. Más que un avión, parecía un palacio. Incluso había alfombras persas en el suelo.

Sin embargo, su asombro no estaba tan ligado a la suntuosidad del lugar como a lo que esa suntuosidad implicaba. Aparentemente, volaban en uno de los aviones privados de la familia real de Qajaran. Y si la pequeña Atiyah era una especie de princesa, ¿qué era entonces su tutor, Rashid?

Miró al hombre que la había metido en aquel lío y se estremeció. Estaba a pocos metros, charlando con Kareem. Hablaban en voz baja, así que no podía oír su conversación; pero debía de ser algún asunto espinoso, porque Rashid escupía las palabras y sus rasgos parecían más duros que nunca.

Al mirar sus labios, se acordó del placer que le habían dado y cambió de posición, azorada. Había hecho lo posible por olvidar su noche de amor. Se había intentado convencer de que la podría borrar de su memoria. Y había fracasado.

Justo entonces, él se giró y la miró con tanta intensidad que le arrancó otro estremecimiento. Tora se quedó sin aliento, sin entender nada. ¿Qué había en sus ojos? No era enfado. No era rencor. Era otra cosa. Pero Rashid rompió el contacto visual antes de que ella pudiera llegar a ninguna conclusión.

Aún lo estaba pensando cuando Atiyah gimió y le recordó que aquel no era un viaje de placer, sino de trabajo. Tora se inclinó sobre ella y sonrió al ver su diminuta nariz y sus rosados labios, que movía como si quisiera hablar. La pobre criatura estaba sola en el mundo. Se había quedado sin padres. Solo tenía un hermano que, por lo visto, no la encontraba particularmente interesante.

¿Qué le pasaba a Rashid? ¿Cómo era posible que se mostrara tan frío con Atiyah? La trataba como si, en lugar de ser su hermana, fuera un paquete que debía transportar. Aunque Rashid se comportaba así con todos. Parecía enfadado con el mundo.

La niña suspiró entonces y se volvió a quedar dormida. A Tora le pareció envidiable que se pudiera desconectar con tanta facilidad, y reclinó el asiento sin más fin que el de estirar las piernas. Pero el silencio del avión y la comodidad del sillón la sojuzgaron. Y, al cabo de unos minutos, cerró los ojos.

–Hay otro asunto que debemos tratar.

Rashid miró al visir y frunció el ceño. Habían estado hablando sobre el proceso de coronación, las distintas dificultades políticas que encontraría en su camino y las circunstancias internas y externas del reino de Qajaran. Habían hablado tanto que le dolía cabeza.

–¿Otro asunto? –preguntó con irritación–. Ya has conseguido lo que querías. Me sentaré en el trono de tu país... ¿Qué más hay que tratar?

–La situación de Atiyah y su papel en la familia real –contestó Kareem.

Rashid sacudió la cabeza.

–Si no recuerdo mal, es hija de mi padre y, en consecuencia, hermana mía. Yo diría que su papel está bien claro.

–No tanto como parece. Estoy seguro de que os aceptarán, pero habrá preguntas incómodas que lo serán aún más en su caso... La gente querrá saber dónde estuvo tu padre todo este tiempo. Querrá saber por qué los dejó en manos de Malik mientras él disfrutaba de la vida al otro lado del mundo, en compañía de su amante. Y pondrán en duda que la pequeña Atiyah sea realmente su hija.

–¡Eso es absurdo! ¡Se fue porque lo obligaron! ¡Le hicieron prometer que no volvería nunca! –le recordó.

–Cierto. Pero tú no me creíste al principio, y habrá muchos que tampoco lo crean... empezando por los sectores que fueron leales a Malik.

–¿Que intentas decirme, Kareem?

–Que las cosas se pueden complicar. Tú eres el milagro que la población de Qajaran necesita. El niño que sobrevivió en el extranjero cuando todos lo creían muerto, como a su padre. Pero Atiyah...

–¿Qué pasa con ella? Es mi hermana, ¿no? Y yo soy su tutor.

–Sí, técnicamente, sí.

–¿Técnicamente?

–La ley de Qajaran no contempla la posibilidad de que un hombre soltero se haga cargo de un menor.

–¿Y qué? –preguntó Rashid, sin entender el problema.

–Que Atiyah no podrá vivir en palacio si la ley no reconoce su pertenencia a tu familia –explicó el visir.

Rashid suspiró. No sentía el menor deseo de cuidar de una niña pequeña, pero tampoco iba a permitir que la apartaran de él.

–¿Y qué pretendes que hagamos?

–Bueno, hay una solución...

—¿Cuál?

—Que la adoptes.

—¿Como si fuera mi hija?

Kareem asintió.

—Sí, en efecto. Como si fuera tu hija.

Rashid se recostó en el sillón y reflexionó breve-mente sobre la propuesta del visir. Aquello se estaba complicando por momentos.

—Está bien. Si no hay más remedio... ¿Qué tengo que hacer?

—Oh, nada grave. Solo se trata de firmar un docu-mento.

—Pues dámelo y lo firmaré.

Rashid se sintió aliviado, creyendo que eso pon-dría fin al problema. Pero Kareem lo miró de forma extraña, y él supo que había algo más.

—¿Qué pasa ahora? —bramó.

—Que aún queda una pequeña formalidad.

—¿Una formalidad?

—Nuestras leyes solo conceden adopciones a pa-dres casados.

—Pero yo estoy soltero...

—Entonces, tendrás que casarte.

—¡De ninguna manera! —exclamó, indignado—. Tiene que haber otra forma de solucionar este asunto.

—Me temo que no.

—¿Y has esperado todo este tiempo para decírmelo?

Kareem carraspeó.

—Lo siento, pero era una situación sin precedentes, y esperaba encontrar algún resquicio legal que facili-tara las cosas —explicó el visir—. Por desgracia, la ley es tajante en estos casos. Solo podrás adoptar a tu hermana si contraes matrimonio.

–Oh, Dios mío...

–Si quieres, puedo buscar una candidata aceptable cuando lleguemos a la capital.

–¿Cómo? ¿Te estás ofreciendo a buscarme esposa?

–Solo sería una medida temporal –dijo Kareem, como si fuera lo más natural del mundo–. Un simple matrimonio de conveniencia.

–¿Y qué pasará después, cuando me concedan la adopción?

–Que te divorciarás de tu esposa y te quedarás con la custodia de Atiyah –respondió–. Sin embargo, el proceso es muy sencillo. En Qajaran te puedes casar o divorciar sin más dificultades que firmar un papel.

–Ya, eso dijiste antes con la adopción... y ahora resulta que tengo que estar casado.

Kareem sonrió.

–Es que hay firmas más rápidas que otras –dijo con ironía–. Pero, si quieres proteger a tu hermana, tendrás que casarte.

–¿Y qué requisitos debe cumplir mi esposa, si se puede saber?

–No demasiados. Naturalmente, tendrá que comportarse como tal cuando estéis en público y, por supuesto, tendrá que estar presente en la coronación.

–No me refería a eso.

–Entonces, ¿a qué te referías?

–A nuestra vida conyugal. ¿Tendré que compartir cama con ella?

Kareem lo miró con incomodidad.

–Bueno... se supone que las esposas se acuestan con sus maridos, ¿no?

Rashid frunció el ceño. No le importaba que una

desconocida lo acompañara en los actos públicos, pero acostarse con ella era otra cuestión.

—Sí, se supone que sí.

—Pues no se hable más. Te buscaré una esposa.

Rashid lo pensó un momento y sacudió la cabeza.

—No te molestes... Se me ha ocurrido algo mejor.

—¿Algo mejor?

—En efecto —respondió con una sonrisa—. Me casaré con Victoria.

El visir se quedó perplejo. No podía saber que Rashid tenía dos buenas razones para proponer su nombre: la primera, vengarse de ella por haberlo abandonado tras su noche de amor y la segunda, darle una lección por haberse negado a llamar a otra niñera cuando le dijo que no era la persona adecuada para cuidar de Atiyah.

Además, estaba lejos de haber terminado con ella. La quería en su cama. Y, ya que no podía librarse del matrimonio, Tora sería una buena compensación.

—¿La señorita Burgess? Si ni siquiera querías que acompañara a tu hermana...

—Lo sé —dijo Rashid, que evidentemente no estaba dispuesto a explicar sus motivos—. Pero es perfecta para el caso.

Capítulo 7

CANSADA, señorita Burgess?

Tora se despertó al oír la voz de Rashid, que había sonado tan cortés y atenta como la de una azafata. Aquello la desconcertó, porque casi no le había dirigido la palabra desde que se encontraron en el bufete del abogado. Y su desconfianza aumentó notablemente cuando él le ofreció una taza de café.

Era obvio que estaba tramando algo.

—Eso parece —respondió—. Me he quedado dormida sin darme cuenta.

—Cualquiera pensaría que trabajas demasiado...

Tora lo miró a los ojos.

—Cualquiera menos tú, por supuesto.

Rashid sonrió y dejó la taza en la mesita.

—Oh, vamos... Te he traído un café.

Ella echó un vistazo rápido a su alrededor. Todo el mundo había desaparecido. Incluso el propio Kareem.

—Sí, ya lo veo, aunque no sé por qué me lo has traído tú —replicó—. ¿Es que has despedido a las azafatas?

Rashid se sentó frente a ella sin dejar de sonreír, pero Tora no bajó la guardia. Ahora estaba más segura de que se traía algo entre manos.

—No, es que quiero hablar contigo. Tengo una propuesta que puede ser beneficiosa para los dos —respondió él.

Tora suspiró.

–Olvídalo, Rashid. No estoy aquí por ti, sino por Atiyah.

–Eres demasiado desconfiada...

–Y tú, demasiado transparente.

Él sacudió la cabeza.

–Mi propuesta no tiene nada que ver con acostarme contigo. Es sobre un asunto que afecta al futuro de mi hermanastra.

–¿A su futuro?

Rashid se inclinó hacia delante.

–Por razones que no necesitas saber, me veo en la obligación de adoptar a Atiyah.

–¿Y en qué me incumbe a mí?

–Bueno... resulta que, según las leyes de Qajaran, no la puedo adoptar si no estoy casado.

Ella tragó saliva. Empezaba a sospechar que su propuesta implicaba algún tipo de locura.

–Me parece muy bien, pero te repito la pregunta. ¿En qué me incumbe a mí?

–Yo diría que es obvio... Aunque solo sería una situación temporal. Nos divorciaríamos cuando tenga su custodia.

–¿Divorciarnos?

–Sí, tú y yo...

Tora lo miró con asombro.

–Discúlpame, pero tú y yo no mantenemos ninguna relación.

–Ni es necesario que la mantengamos. Solo necesito una esposa. Alguien que interprete el papel de madrastra de Atiyah durante una temporada –replicó Rashid–. Kareem dice que la adopción no será definitiva hasta que llevemos doce meses de matrimonio, pero ni siquiera sé si me voy a quedar en el país...

Puede que me vaya al cabo de una semana; en cuyo caso, nos divorciaríamos mucho antes.

–¿Y qué pasará si te quedas? ¿Pretendes que me case contigo y sea tu esposa durante un año entero?

–No sería tan terrible. Y no es necesario que permanezcas en Qajaran. Podrás volver a casa en cuanto solventemos los problemas legales.

Tora miró el café. Siempre le había gustado mucho, pero en ese momento habría dado cualquier cosa por algo más fuerte.

–No entiendo nada... ¿Quién diablos eres tú?

–Te lo dije en su día. Me llamo Rashid.

Ella sacudió la cabeza.

–No, no. El Rashid que yo conocí era un hombre normal y corriente, un hombre que necesitaba relajarse un poco. Pero tú... –Tora echó un vistazo a su alrededor–. Viajas en un avión que lleva el símbolo de una casa real, y todos los que están dentro inclinan la cabeza cuando te ven. ¿Quién eres? ¿Quién ofrece un matrimonio de conveniencia a una desconocida y hasta planea su divorcio posterior?

Él arqueó una ceja.

–¿Una desconocida? ¿Tengo que recordarte lo bien que nos conocemos?

Tora se cruzó de brazos.

–Tú no me conoces, Rashid. No sabes nada de mí. Ni yo de ti, por lo que veo.

–Oh, por Dios.. No te estoy pidiendo la luna y las estrellas. Solo te estoy pidiendo unas cuantas semanas de tu tiempo.

–Me estás pidiendo un año entero –puntualizó ella–. Y ni me voy a acostar contigo otra vez ni estoy dispuesta a ser tu esposa.

–¿Quién ha dicho que te acuestes conmigo? Nuestra noche estuvo bien, pero eso es agua pasada. No te ofrezco el matrimonio para conseguir tus favores.

Tora, que no supo si sentirse ofendida o no, soltó una carcajada. Desde su punto de vista, era lo único que podía hacer.

–Sea como sea, mi respuesta es la misma. No voy a ser tu esposa –dijo con vehemencia–. Y ahora, si me disculpas, tengo que ir al cuarto de baño.

–Aún no has oído lo que te ofrezco a cambio...

–Ni lo he oído ni lo quiero oír. Además, ¿a qué viene todo esto? Quisiste librarte de mí cuando estábamos en Sídney. Me pediste que llamara a mi empresa para que enviaran a otra persona. Solo estoy aquí porque no te quedó otro remedio. Y, en cuanto lleguemos a Qajaran, me subiré a un avión y volveré a casa.

Él entrecerró los ojos.

–Vamos, Tora... No puedes rechazar una oferta cuando ni siquiera sabes lo que te van a ofrecer –razonó.

–Seguro que no es una oferta tan atractiva.

–Eso depende. Incluye unas vacaciones en Qajaran con todos los gastos pagados, un sitio de privilegio en una ceremonia de coronación y un vuelo a Australia en el avión privado de la casa real.

Ella se estremeció.

–¿Una ceremonia de coronación? ¿A quién van a coronar?

–A mí.

Tora ya había imaginado algo parecido; pero, al oírlo en voz alta, tuvo que hacer un esfuerzo para disimular su estupefacción.

–¿Y qué eres entonces? ¿Un rey en espera...?

Él se encogió de hombros.

–Se podría decir que sí. Qajaran se ha quedado sin emir, y yo soy el primero en la línea dinástica.

Tora pensó que el destino le estaba tomando el pelo. Tenía gracia que el hombre con quien se había acostado, el hombre que le había parecido una especie de dios en la cama, resultara ser el heredero de un trono.

–Lo siento, pero tu oferta no me interesa.

–¿Cuánto quieres?

–¿Cómo?

–¿Cuánto quieres a cambio de aceptar? Todo el mundo tiene un precio, Tora –afirmó–. Dame el tuyo.

Tora sacudió la cabeza. Le parecía una situación absolutamente irreal. Como si se hubiera quedado dormida y hubiera despertado en el más absurdo de los concursos televisivos.

–Ya te he dicho que no me interesa.

–¿Cuánto? –insistió él, tajante.

Ella respiró hondo. No quería estar allí. No quería estar con él. El recuerdo de su noche de amor estaba demasiado fresco; tanto, que la simple cercanía física de Rashid bastaba para excitarla. Pero necesitaba dinero. Su primo la había dejado sin blanca, y Sally estaba esperando una suma que no iba a llegar.

Solo podía hacer una cosa, así que la hizo.

–Muy bien, si te empeñas... Me casaré contigo a cambio de doscientos cincuenta mil dólares. Ese es mi precio.

Rashid asintió.

–Trato hecho. Llamaré a Kareem para darle la noticia y pedirle que prepare la ceremonia.

–¿La ceremonia? ¿Es que nos vamos a casar aquí, en pleno vuelo? –preguntó, confundida–. Pero...

–No hay peros que valgan –dijo él, con una sonrisa felina–. Me has dado tu precio y lo he aceptado. Ahora tienes que cumplir tu parte.

La boda dejó bastante que desear. Solo asistieron ellos y el propio Kareem, que pronunció unas breves palabras y los declaró marido y mujer en los escasos minutos que transcurrieron entre el momento de dar el biberón a Atiyah y el momento de cambiarle los pañales. Obviamente, no hubo vestido de novia ni celebración de ninguna clase. Y, en cuanto terminaron, Rashid y Kareem la dejaron a solas para preparar los documentos de la adopción.

Mientras cambiaba los pañales a la pequeña, Tora pensó en lo sucedido y se preguntó cómo era posible que hubiera terminado en semejantes circunstancias. Se había casado en un avión y con un hombre al que apenas conocía.

Siempre había imaginado que, si alguna vez se casaba, sería por amor y en compañía de sus padres. Lo de sus padres no habría sido posible, porque habían muerto en un accidente; pero, a pesar de ello, le gustaba creer que estarían presentes de algún modo y que se sentirían orgullosos de su hija. De una hija que acababa de aceptar un matrimonio de conveniencia a cambio de unos cuantos miles de dólares.

Se sentía tan vacía como decepcionada.

Sin embargo, intentó recordarse que aquella boda no era más que una formalidad, un instrumento para conseguir lo que ambos necesitaban. Rashid podría adoptar a su hermana pequeña y ella podría dar a Sally el dinero que le había prometido. Al fin y al cabo, no se había casado con él porque lo quisiera. Y él tampoco la debía de querer mucho, teniendo en cuenta que la había tratado como si fuera un objeto de usar y tirar.

No le había dado ni un mal beso. Se había limitado a soltar su mano y marcharse con Kareem en cuanto terminó la ceremonia. No parecía el mismo hombre que se había acostado con ella y que, en apariencia, no se cansaba nunca de su cuerpo.

Pero, por otra parte, ¿qué esperaba? Ya no estaban en su lecho de amor, donde Rashid se había mostrado tan atento y apasionado como ella. Ninguno de los dos parecía la misma persona. Era como si hubiera pasado un siglo desde la noche de Sídney.

A decir verdad, ni siquiera reconocía a la mujer que se había acostado con él. ¿De dónde había salido toda esa espontaneidad, todo ese ardor, todo ese atrevimiento? Extrañamente, su frustración por la traición de Matt y su desesperación ante la perspectiva de dejar a Sally en la estacada habían desatado en ella una oleada de lascivia. Y se había entregado por completo, sin miedos ni inhibiciones.

Sin embargo, Tora quería que el recuerdo de esa noche fuera algo íntimo, algo que le arrancara una sonrisa cuando se quedara a solas y pensara en ella. No quería que Rashid se la recordara constantemente por el sencillo procedimiento de estar. Pero sus deseos carecían de importancia. El protagonista de aquellas horas de lujuria era el hermanastro de Atiyah, un cliente de Flight Nanny. Y ahora, también era su esposo.

Tras vestir a la niña, pensó en el dinero y en la alegría que sus amigos se iban a llevar. Gracias a ese matrimonio, podrían viajar a Alemania y pagar el tratamiento de Steve. Ya no tendría que ir de banco en banco, rogando que le concedieran un préstamo. Solo tendría que hacer una transferencia.

El piloto apareció entonces y, tras informarles de que iban a iniciar la maniobra de descenso, añadió que era una operación rutinaria y que todo saldría bien.

Tora sonrió para sus adentros, aunque sin humor alguno. ¿Que todo iba a salir bien? Desde su punto de vista, había muchas posibilidades de que todo acabara desastrosamente mal. Se había casado con un hombre al que había conocido el día anterior. Y, por si eso fuera poco, se había casado por dinero.

La suerte estaba echada.

Kareem se había encargado del papeleo, y ya no había duda alguna sobre la legalidad de su matrimonio y de la adopción de Atiyah. Habían solventado un problema que podría haber sido grave.

Rashid respiró hondo y pensó que sus amigos se iban a reír cuando supieran que se había casado. Y era lógico, porque se había jactado frecuentemente de su intención de seguir soltero. Pero no les iba a decir la verdad. No les podía decir que, a diferencia de ellos, no se había casado por amor, sino por conveniencia.

Sin embargo, las cosas no eran tan fáciles como parecían. Cada vez que cerraba los ojos, veía el cuerpo desnudo de Tora. Recordaba cada segundo de aquella noche, y con tanto realismo como si estuviera viendo una película. Una película muy particular, porque el protagonista masculino era él.

Fuera como fuera, su vida se había complicado mucho, y no necesitaba que Tora se la complicara más.

Se giró hacia la mujer que ocupaba sus pensamientos y la miró mientras acunaba a la niña. La trataba con un cariño tan evidente como desconcertante. ¿Por qué se esforzaba tanto? No significaba nada para ella.

Sin embargo, él no podía decir lo mismo. Atiyah era su hermana. Una hermana que no había pedido ni deseado.

Se levantó del asiento y caminó hacia ellas sin saber por qué. En la distancia, le había parecido que Tora susurraba palabras de afecto a la pequeña; pero, al aproximarse, se dio cuenta de que no le estaba hablando, sino cantando. Y se sintió como si le hubieran pegado un puñetazo en la boca del estómago, porque tuvo la seguridad de haber oído esa misma canción en boca de otra mujer: su madre.

—¿Qué cantas? —preguntó.

Tora se giró hacia él.

—Una nana... Creo que es de origen persa —dijo—. Pero, ¿te pasa algo? Tienes mala cara.

—No, nada —mintió Rashid, intentando disimular su confusión—. ¿Qué tal está? Me habían dicho que los bebés no dejan de llorar en los aviones...

Tora supo que Rashid no se había acercado para charlar sobre las costumbres de los bebés, así que hizo caso omiso del comentario.

—¿Has cambiado de opinión? ¿Quieres tomarla en brazos?

Él apartó la mirada, incómodo.

—Sospecho que no tienes mucha experiencia en materia de bebés —continuó ella—. ¿No tienes hermanos?

—No.

—Pues no son tan difíciles de tratar. Solo necesitan saber que se les quiere.

–Sí, bueno... En realidad, solo quería asegurarme de que estabais cómodas.

Tora pensó que era un mentiroso, pero sonrió.

–Ya que estás aquí, ¿te puedo pedir una cosa?

–¿De qué se trata?

–Del dinero. Necesito que me lo transfieras a mi cuenta tan pronto como sea posible.

Él frunció el ceño.

–Ah, el dinero... Solo llevamos diez minutos casados, y ya estás pensando en tu precioso y maldito dinero.

Ella arqueó una ceja.

–¿A qué viene eso? Has sido tú quien se ha empeñado en que nos casemos a toda prisa, en un avión. Yo me he limitado a cumplir mi parte del trato.

–¿Y quieres que te transfiera el dinero inmediatamente?

–Bueno, ya somos marido y mujer, así que he pensado...

–¿Que has pensado? –la interrumpió, molesto–. ¿Que puedes dictar los términos y tiempos de nuestra relación?

–¿Se puede saber qué te pasa? Solo quiero lo que me has ofrecido.

–Y lo tendrás... Por supuesto que lo tendrás –afirmó–. Pero me decepciona que pongas un precio tan bajo a tus servicios.

–¿Mis servicios?

–Sí, exactamente. ¿Doscientos cincuenta mil dólares? Por Dios... Habría pagado un millón, o incluso dos millones, por el placer de tenerte en mi cama.

Tora se puso roja como un tomate.

–Nuestro acuerdo no incluye las relaciones sexuales. Te dije que no me volveré a acostar contigo.

Rashid solo le estaba tomando el pelo. A decir verdad, no quería acostarse con ella. Tora le gustaba demasiado y, en consecuencia, era demasiado peligrosa. Pero se sintió enormemente satisfecho con su reacción.

–También dijiste que no te casarías conmigo, y míranos ahora... convertidos en una feliz pareja –se burló.

–No me tendrás en tu cama –insistió ella–. Eso es intolerable.

Él se inclinó y le acarició suavemente el pelo.

–¿No crees que es un poco tarde para poner tan alto el listón de la moral? Te abalanzaste sobre mí en un club nocturno y me besaste como si nos conociéramos de toda la vida –le recordó–. Y después de nuestra experiencia nocturna, sé que no eres precisamente una jovencita tímida y recatada. De hecho, eres todo lo contrario... ¿Por qué finges entonces que no lo deseas tanto como yo?

Rashid le pasó un dedo por el cuello, y Tora se estremeció.

–No soy una mujer tan fácil como crees –acertó a decir–. No me vendo tan barato.

–Lo sé de sobra. No eres ni fácil ni barata–. Sin embargo, estoy dispuesto a pagar el precio que me pidas.

–¡Vete al infierno!

–Bueno, no te preocupes por eso. Estoy seguro de que terminaré en él –ironizó–. Pero, para tu tranquilidad, te diré que estaba bromeando. Tu virtud está a salvo conmigo. No tengo intención alguna de volver a tocarte.

Capítulo 8

LA CIUDAD de Qajaran se alzaba entre las arenas del desierto como si hubiera brotado de ellas. Los edificios eran de adobe, y la luz se reflejaba a veces en los minerales cristalinos que formaban parte de sus paredes. Pero Tora no estaba tan fascinada con la arquitectura como con los habitantes del lugar.

Las calles bullían de gente que agitaba banderas y aplaudía a su paso. Había ancianos que lloraban de alegría, y madres que se ponían a sus hijos sobre los hombros para que pudieran ver a Rashid. Al hombre que iba a ser el nuevo emir de Qajaran. Al hombre con el que ella se había casado. Al hombre con el que se había acostado tras conocerlo en un club. Al hombre que, apenas una hora antes, le había dicho que no la volvería a tocar.

Pero, ¿lo había dicho en serio? ¿Estaba realmente decidido a no acostarse con ella?

Tora solo sabía que, a pesar de su cansancio, de no haber dormido casi nada y de haber cruzado medio mundo en el avión privado de una casa real, se sentía más viva y más consciente de su propia sexualidad que nunca.

Todo habría sido más fácil si hubiera encontrado la forma de odiar a Rashid. Pero no lo odiaba. A fin de cuentas, se había limitado a ofrecerle un acuerdo que ella había aceptado voluntariamente. Y, aunque había hecho lo posible por hacerla sentir mal, era la misma persona que le había regalado la noche más placentera de su vida.

Además, Rashid no era tan buen actor como creía. Lo había observado con detenimiento, y a veces parecía tan solo y perdido que sentía el deseo de acercarse y acariciarlo. Había algo inmensamente triste en su mirada. Como si hubiera sufrido una decepción terrible, que ella no alcanzaba a imaginar. Tan terrible que ni siquiera se atrevía a tomar en brazos a su hermana pequeña.

Justo entonces, Rashid preguntó a Kareem:

–¿Ha sido cosa tuya? Me refiero al comité de bienvenida.

Kareem se encogió de hombros.

–Las noticias viajan solas. Incluso en Qajaran, donde la mayoría de la gente no tiene acceso a Internet...

Tora se dio cuenta de que Rashid se había puesto nervioso al ver a la multitud. Intentaba disimularlo, pero el sudor de su frente lo traicionaba. Y las palabras que pronunció a continuación confirmaron sus sospechas.

–Necesitaré ayuda si voy a ser el nuevo emir.

Kareem asintió con una sonrisa.

–Descuida. Estoy a tu entera disposición.

–Gracias –dijo Rashid–. Menos mal que no me faltan los amigos con experiencia de gobierno... Amigos que me pueden aconsejar, llegado el caso.

–¿Te refieres al jeque Zoltan, el rey de Al-Jirad?

–Sí. ¿Es que lo conoces?

–Por supuesto. Al Jirad y Qajaran son aliados

desde tiempos inmemoriales. Zoltan siempre será bienvenido en nuestro país.

Rashid se relajó un poco, e incluso se animó a sacudir la mano para saludar a la gente. Y Tora, que lo había estado mirando, sintió lástima de él. Por lo visto, las circunstancias lo habían arrastrado a una situación que no quería. Como a ella.

El conductor de la limusina redujo la velocidad al llegar a una puerta enorme en cuyas columnas laterales se alzaban dos pavos reales de piedra.

–Me he tomado la libertad de instalarte en el viejo palacio –declaró Kareem–. Malik construyó seis palacios nuevos durante su reinado, y sobra decir que te puedes mudar a cualquiera de ellos. Pero he pensado que, de momento, y por recuperar la tradición de tus antepasados, este es el más conveniente.

Tora tragó saliva al divisar el precioso edificio rodeado de fuentes y jardines que se alzaba al final del camino. Parecía salido de un cuento de hadas. Pero, a pesar de ello, se dijo que no tenía nada de particular. Al fin y al cabo, era la residencia de un emir.

El vehículo se detuvo segundos más tarde ante la columnata de la entrada principal. En las escaleras, esperaba una docena de hombres uniformados que llevaban los colores de la bandera de Qajaran.

–Bienvenido a casa –dijo Kareem.

Uno de los guardias se acercó a la limusina y se inclinó para abrir la portezuela. Tora respiró hondo, desató la sillita de Atiyah y se dispuso a entrar en el extraño y nuevo mundo que su matrimonio con Rashid le había deparado. Estaba muy asustada. Se había casado con un hombre que iba a ser rey. Y, cuando él fuera rey, ella sería reina.

¿Un cuento de hadas? Ya no se sentía como si estuviera en un cuento. Aquello era terriblemente real.

Kareem la invitó a entrar en una suite gigantesca. Era tan grande que habría cabido toda su casa de Sídney y aún habría sobrado espacio, incluso sin contar la terraza que daba a la piscina y a los jardines, bañados a esas horas por la luz dorada de la puesta de sol. Las paredes estaban llenas de cuadros y tapices. Los muebles habrían sido dignos de un museo. Había obras de arte allá donde mirara, y todo era tan bello y exótico que Tora se sintió fuera de lugar.

Tras enseñarle las distintas estancias, el visir la llevó al dormitorio. Tenía una cama magnífica, con dosel, así como su propio cuarto de baño y una habitación adjunta para Yousra, la criada que iba a cuidar de Atiyah.

Kareem le informó de que la suite era solo para ella, y Tora se sintió aliviada al saber que Rashid dormiría en otra parte. Si quería sobrevivir a aquella experiencia, debía mantenerse tan alejada de su esposo como fuera posible. Además, la cama parecía muy cómoda, y la perspectiva de tumbarse en ella y descansar habría bastado para animarla.

Pero su alivio duró poco, porque Kareem abrió entonces otra puerta y dijo:

—Estas son las habitaciones de Rashid. Obviamente, las dos suites están conectadas.

—Obviamente —ironizó Rashid, que los había acompañado.

Tora supo que su esposo se estaba burlando de ella, y lo maldijo para sus adentros. Por suerte, la niña rompió a llorar en ese momento y le dio la excusa que necesitaba.

–Si eso es todo, me llevaré a Atiyah y la acostaré. Ha tenido un día muy largo.

–Que se ocupe Yousra –intervino Kareem–. Así podrás cenar con nosotros...

Rashid sonrió, y ella se dio cuenta. Obviamente, sabía que ardía en deseos de quitárselo de encima.

–Estoy segura de que Yousra será de gran ayuda –replicó Tora–. Sin embargo, Atiyah ha vivido demasiados cambios en los últimos días, y es mejor que me ocupe personalmente de ella hasta que se acostumbre a la nueva situación. Además, sospecho que Rashid y tú tendréis que hablar de asuntos que no me conciernen.

–Como desees –dijo Kareem, lanzándole una mirada de aprobación que la sorprendió–. En ese caso, me encargaré de que te traigan la cena.

Kareem inclinó la cabeza y se fue. Pero Rashid se quedó unos segundos más y dijo:

–Te veré luego.

Tora se estremeció. Sus palabras parecían indicar que tenía intención de visitarla aquella noche, así que le paró los pies por el procedimiento de no darse por enterada.

–Sí, nos veremos en el desayuno. ¿Te parece bien a las siete? Tenemos que hablar de muchas cosas... Buenas noches, Rashid.

Rashid la dejó a solas con la niña. Pero no antes de mirarla con intensidad, como si le quisiera decir que ella no dictaba los términos de su relación ni, por supuesto, cuándo y cómo se debían ver.

Zoltan iba a ir a Qajaran.

Por primera vez desde su llegada, Rashid se sintió relativamente tranquilo. Tres días más y podría hablar cara a cara con su amigo, quien le había informado de que lo acompañarían Aisha y sus hijos. En cuanto a Bahir y Kahar, llegarían con sus respectivas familias justo antes de la coronación.

Rashid salió a la terraza y se quedó mirando los jardines de palacio, que a esas horas de la noche estaban sumidos en el silencio. Habían pasado seis meses desde la última vez que había visto a sus amigos, y los echaba de menos a pesar de que las circunstancias habían cambiado radicalmente. Ya no eran cuatro hombres solteros, sino cuatro hombres casados. Y siempre que se juntaban, sus tres hermanos del desierto aparecían con más hijos.

Sacudió la cabeza y pensó que, en realidad, él seguía tan solo como de costumbre. Su boda había sido una farsa, un simple instrumento para conseguir un fin. Además, ella se marcharía en cuestión de semanas, incluso en el caso de que se vieran obligados a seguir casados un año entero. Pero las cosas eran como eran y, evidentemente, no tenía más remedio que presentársela a sus amigos.

Justo entonces, oyó un sonido procedente de la suite de Tora. Solo duró un momento, y todo volvió enseguida al silencio anterior. Rashid soltó un suspiró e intentó convencerse de que había hecho lo único que podía hacer. Que sus amigos pensaran lo que quisieran. Él tenía que concentrarse en las labores de gobierno. Y no iba a ser nada fácil, porque Malik había sembrado la corrupción en todos los estratos.

Pero las cosas iban a cambiar. En lugar de malgastar el presupuesto en palacios y fiestas, como había hecho el emir anterior, él lo dedicaría a mejorar la sanidad y la educación del país; sobre todo, en las zonas más pobres, que siempre habían estado abandonadas.

Había mucho que hacer. Demasiada desigualdad, demasiada injusticia. Pero, ¿sería capaz de hacerlo? ¿Podría poner fin a treinta años de corruptelas?

Las perspectivas eran tan descorazonadoras que casi se arrepintió de habérselo planteado. Sin embargo, Qajaran necesitaba que alguien diera un paso adelante, repartiera las riquezas del país y lo sacara del subdesarrollo. Y ese alguien solo podía ser él. El hombre que estaba a punto de ser rey.

¿Cómo se había metido en ese lío? ¿Qué estaba haciendo allí? En cuestión de días, había dejado de ser un simple profesional con reputación de mujeriego y se había convertido en el heredero de un trono. No tenía ni pies ni cabeza. Él no sabía nada de gobernar países. Él no era su padre. Carecía de experiencia política.

Rashid volvió a oír el sonido de antes, y se dio cuenta de que no era un ruido. Era Tora, que cantaba a la pequeña Atiyah.

Desconcertado, se giró hacia su suite. Ella apareció segundos después, con la niña en brazos, susurrando aquella nana que despertaba en él emociones tan contradictorias como profundas. Pero no quiso que Tora lo viera, así que permaneció en las sombras y se dedicó a observarla en silencio.

La brisa jugueteaba con las faldas de su vestido y arrastraba hasta Rashid los versos de la nana. Estaba absolutamente fascinado. Por su esposa, que estaba más atractiva que nunca. Y por la propia canción, que interpretó hasta que Atiyah se quedó dormida.

Solo entonces, salió de su escondite y se acercó.

–¿Tora?

Ella soltó un grito ahogado.

–Ah, eres tú... Me has dado un susto de muerte –dijo–. ¿Qué estás haciendo en mi terraza?

–No estaba en tu terraza, sino en la mía –replicó él–. Pero parece que se comunican, al igual que las suites.

Tora apartó la mirada.

–Bueno, será mejor que vuelva dentro.

–No, espera...

–No puedo. Tengo que acostar a tu hermana.

Rashid miró a Atiyah.

–¿A qué viene tanta prisa? Ya se ha quedado dormida.

–Precisamente por eso. Si no la acuesto ahora, se podría despertar.

–Oh, vamos...

–¿Qué haces aquí? –preguntó ella.

–No tengo sueño, así que he salido a tomar el aire.

Ella sacudió la cabeza.

–No, no me refería a eso. Quiero saber por qué estás aquí, hablando conmigo.

La respuesta de Rashid la dejó atónita.

–Porque te deseo.

Tora se sintió como si hubiera perdido la noción del tiempo y el espacio. Y no fue por su sorprendente declaración, ni por el hecho de que estuviera ante ella sin más ropa que unos pantalones de pijama. Fue por el destello de sus atormentados ojos, que la miraron de un modo decididamente carnal.

–Rashid... –dijo en voz baja.

Él dio un paso adelante y ella retrocedió, con sus brazos protegiendo al bebé.

–Rashid... –repitió.

Él se inclinó y le dio un beso en los labios que la excitó al instante. Era demasiado cálido, demasiado masculino, demasiado bueno para poder resistirse.

Era sencillamente maravilloso.

Y no se pudo contener.

Su boca le parecía tan mágica como el cielo nocturno; su lengua, tan fascinante como una estrella fugaz.

Tora se abrió a él instintivamente, sin pensarlo. Y el beso de Rashid se volvió más intenso y profundo. Pero, justo entonces, oyeron un gemido; una especie de protesta que surgía de un punto indeterminado entre los dos.

Desconcertada, Tora bajó la cabeza y se quedó mirando a Atiyah como si fuera la primera vez que la veía. ¿Cómo era posible que se hubiera olvidado de ella? Estaba tan concentrada en los besos de su esposo que el resto del mundo había dejado de existir.

–Basta, Rashid... –dijo.

Él parpadeó, tan avergonzado como ella.

–¿Se encuentra bien? –preguntó, preocupado.

–Sí, está perfectamente –respondió Tora, que la meció un poco–. Pero será mejor que vuelvas a tu suite.

Rashid intentó tocarla, y ella se apartó.

–Por Dios, Rashid... ¿Es que no te importa tu propia hermana?

—Claro que me importa. La he adoptado, ¿no?

—Sí. Menuda suerte tiene —se burló.

Él sacudió la cabeza y la miró con impotencia.

—Mira, Tora, yo no pedí que la pusieran a mi cargo. Sinceramente, no sé nada de bebés.

—Pues empieza a aprender, porque Atiyah merece algo mejor. Tienes una hermanita de tres meses que ha perdido a sus padres, y la tratas como si fuera un objeto que te gustaría guardar en un cajón y olvidar para siempre.

Rashid guardó silencio.

—¿No lo entiendes? —continuó Tora—. Atiyah no es una cosa. Es un bebé, un ser humano... Necesita que la quieran. Necesita amor, sonrisas y alguien a quien le importe de verdad. Pero, por razones que no alcanzo a comprender, se ha encontrado en manos de un hombre hosco y lleno de resentimiento. ¿Es que te has olvidado de tu propia infancia? ¿Has olvidado lo que significa ser un niño?

Él se puso tenso.

—No, no lo he olvidado, pero no te preocupes por ella. Te aseguro que no tengo intención de quitármela de encima y enviarla a un internado. Y no la tengo porque, al contrario de lo que puedas creer, sé algunas cosas sobre los niños —replicó—. Pero gracias por recordarme tan amablemente mis múltiples defectos.

Rashid dio media vuelta para marcharse. Y Tora lo detuvo.

—¿Eso es lo que hicieron contigo? ¿Te enviaron a un internado? —preguntó.

Él no dijo nada.

—¿Cuántos años tenías? —insistió ella.

Rashid suspiró y se pasó una mano por el pelo.

–Eso no importa. Salvo por el hecho de me incapa-
cita para cuidar de nadie, y mucho mas de un bebé
–dijo–. Supongo que tienes razón. Merece algo mejor
que yo.

–Rashid...

–Siento haberte interrumpido. Buenas noches.

Rashid se fue, y ella se quedó con un intenso sentimiento de culpabilidad. Pero aún estaba con Atiyah,
así que volvió a la suite para acostarla. Y por el camino se cruzó con Yousra.

–¿Ha pasado algo? He oído voces... –declaró la
niñera con preocupación–. Pero, ¿qué hace con la niña?
No me diga que se ha puesto a llorar y la ha despertado... ¡Oh, cuánto lo siento!

–No tiene importancia. Suelo estar despierta a estas horas, así que no ha interrumpido nada. Vuelve a
la cama, Yousra. Yo me encargaré de ella.

La niñera le hizo una reverencia.

–Como desee, señora.

–No seas tan formal, por favor. Haces que me sienta
incómoda... Prefiero que me tutees y que me llames por
mi nombre.

–Pero...

–Yo te llamo Yousra, ¿no? Pues haz lo mismo conmigo –insistió–. A fin de cuentas, las dos estamos
aquí para cuidar de Atiyah. Deberíamos ser amigas.

La joven sonrió y, tras dedicarle otra reverencia, se
despidió y volvió a la cama.

Tora acostó a Atiyah y se dedicó a mirarla durante
unos minutos. Su mundo había cambiado radicalmente y en muy poco tiempo; pero solo era un bebé,
y dormía con una placidez digna de asombro.

Mientras la miraba, se preguntó qué le habría pasado a Rashid. ¿Por qué se mostraba tan frío con Atiyah? ¿Qué tipo de infancia había tenido? ¿Por qué lo habían metido en un internado? Por lo que sabía, su padre había muerto recientemente. Y no le parecía lógico que un padre normal se deshiciera de su hijo.

Por fin, se metió en la cama e intentó no pensar en dos hechos de lo más inquietantes: el primero, que estaba tan lejos de Sídney que allí era de día; el segundo, que había quedado a desayunar a las siete de la mañana, y que ya no faltaba tanto tiempo.

Puestos a pensar, prefería dedicar sus esfuerzos a encontrar la forma de ayudar a Rashid. Seguro que había algún modo de que estableciera un lazo emocional con Atiyah. Porque solo se trataba de eso, de la felicidad de su hermana.

No pensaba en él por otros motivos. No tenía nada que ver con el deseo. No guardaba ninguna relación con su mirada de tristeza.

Solo quería que Atiyah fuera feliz.

Capítulo 9

TORA se despertó al amanecer, cuando el cielo empezaba a perder el tono añil de la noche con la luz rosada del alba. Y lo primero que hizo fue levantarse y acercarse a la cuna de Atiyah, que se estaba examinando las manitas con sumo interés.

—Buenos días, preciosa.

La niña recompensó el saludo con una sonrisa de oreja a oreja.

—Oh, eres tan bonita...

Yousra apareció en ese momento. Llevaba una bandeja con un servicio de café, y miró a la pequeña con sorpresa.

—¿Ya se ha despertado? —preguntó.

—Sí... Y mira cómo sonríe.

Yousra se inclinó sobre el bebé y le hizo cosquillas en el estómago. Atiyah sacudió las piernas y soltó un gemido de placer que arrancó carcajadas a las dos mujeres.

Jugaron con ella hasta poco antes de las siete, cuando Tora se dio cuenta de que los criados de palacio estaban preparando una mesa en el exterior. Por lo visto, Rashid pretendía que desayunaran en la terraza. Y le pareció una gran idea.

Mientras se recogía el pelo, intentó no pensar en el beso que se habían dado en ese mismo sitio. Tenía que mantener las distancias; sobre todo de noche, cuando las sombras avivaban el deseo y debilitaban la fuerza de voluntad. A partir de entonces, ya no habría más salidas nocturnas. La suite de Rashid estaba demasiado cerca, y las consecuencias de otro encuentro podían ser desastrosas.

Sin embargo, sus buenas intenciones duraron muy poco. Sin darse cuenta de lo que hacía, se llevó una mano a los labios y se los acarició, preguntándose cómo era posible que un hombre tan duro y huraño pudiera besar tan bien.

¿A quién intentaba engañar? Había intentado convencerse de que solo le preocupaba la felicidad de la niña, pero no era cierto. Era absolutamente consciente de que, si la noche anterior no la hubiera tenido en brazos, si no hubiera estado entre ellos, habría terminado en la cama de Rashid. O en la ducha de Rashid.

Pero ya no era de noche, sino de día. Y tenía un trabajo que hacer: demostrar a su esposo que el mundo no se limitaba a sus necesidades. Demostrarle que podía y debía abrir su corazón a la pequeña Atiyah.

Cuando terminó de arreglarse el pelo, se maquilló un poco y se pintó los labios. No era nada excesivo; lo justo para conseguir un aspecto frío y profesional. Esta vez, Rashid no se le iba a subir a la cabeza. Estaba tan contenta que nada la podía sacar de sus casillas. Y todo porque un bebé le había sonreído.

Rashid ya se había sentado cuando Tora salió a la terraza. El sol seguía bajo en el cielo, y la temperatura era bastante agradable; pero se notaba que iba a hacer calor.

—¿Es que no tienes otra cosa que ponerte? —preguntó él con desaprobación.

Ella suspiró y se sentó. Al parecer, Rashid había vuelto a su actitud hosca de costumbre. Pero no iba a permitir que le estropeara la mañana.

—Buenos días —replicó ella, haciendo caso omiso de su comentario—. Espero que hayas dormido bien.

Uno de los criados apareció entonces, dejó una bandeja con frutas y preguntó si deseaban tomar té o café. Tora pidió café y guardó silencio hasta que el criado los dejó a solas.

—Hace una mañana preciosa, ¿no te parece?

—No puedes vestirte así todo el tiempo...

Tora bajó la cabeza y miró su camiseta de manga corta y su falda, que estaban inmaculadamente limpias.

—¿Qué tiene de malo?

—Nada, pero resulta de lo más aburrido.

—Es curioso que digas eso, porque tú también llevas una camiseta...

Ella se había fijado muy bien en la camiseta de Rashid, cuyo color blanco enfatizaba el moreno de su piel y los impresionantes músculos de su pecho. De hecho, estaba tan sexy que apartó la mirada para no sentir la tentación de tocarlo.

—¿No tienes nada más adecuado?

Tora se encogió de hombros.

—Me temo que me dejé casi toda la ropa en casa. Además, me gusta el aspecto que tengo... es práctico, cómodo y lo suficientemente informal como para alejar a determinado tipo de hombres —dijo ella, con una sonrisa encantadora.

Él frunció el ceño y preguntó:

–¿Por qué estás tan contenta?

–Porque me alegro de verte –dijo con sorna–. Y porque Atiyah me ha sonreído esta mañana... Deberías pasar un rato con tu hermana. Te gustaría.

–¿Que ha sonreído? ¿Y eso es bueno?

–Es bastante mejor que no sonreír –contestó–. Quieres que sea feliz, ¿no?

–Sí, por supuesto –dijo, más calmado–. Claro que lo quiero.

–Deberías hacerme caso. Cuando te acerques a ella y te sonría, te sentirás el hombre más feliz del mundo. Ahora que lo pienso, debería haberla traído... Aunque solo sea para que compruebes que estoy diciendo la verdad.

–Sí, bueno... –declaró, incómodo–. En todo caso, no puedes vestirte así todos los días. Eres la esposa de un emir, y la gente espera que seas más elegante. Además, no es cierto que no tengas ropa. Kareem se encargó personalmente de llenar tu vestidor.

–Ah... ¿Me estás diciendo que toda esa ropa es mía?

–¿De quién va a ser si no?

Tora lo miró con sorpresa. Había entrado en el vestidor de la suite para guardar las escasas pertenencias que llevaba en su equipaje; pero al encontrarlo abarrotado de vestidos, trajes y complementos de todos los colores y materiales, pensó que eran de otra persona y volvió a salir inmediatamente.

–Bueno, ¿de qué querías hablar? –preguntó Rashid.

Tora se sacó un papel del bolsillo y se lo dio.

–Aquí tienes mis datos bancarios. Para la transferencia.

Rashid miró el papel y dijo:

—Esto no es una cuenta normal...

—No, es un fondo de inversiones de un bufete de abogados.

Tora se maldijo por seguir usando la cuenta que le había abierto su primo Matt. Pero no tenía otra.

—¿Un fondo de inversiones? Vaya, eres una caja de sorpresas —comentó él—. ¿Eso es todo? ¿O me querías decir algo más?

—Bueno, hay otro asunto que me gustaría resolver.

—¿De qué se trata?

—De la conexión a Internet. He intentado conectarme, pero no tengo la contraseña.

—¿Y por qué te interesa tanto? No anunciarás en Twitter que vas a ser la reina de Qajaran, ¿verdad?

—No, mis intenciones son bastante más razonables. Quiero que mis amigos sepan que estoy bien y, por otra parte, tengo que escribir a mi empresa para informarles de que me quedaré más tiempo del previsto.

—Hablaré con Kareem y le pediré que te dé la contraseña. Pero ten cuidado con lo que envías desde palacio.

—Lo tendré.

Rashid se levantó.

—Si no quieres nada más, te dejaré a solas. Tengo muchas cosas que hacer —dijo—. Disfruta del desayuno.

Rashid se dirigió a la biblioteca, donde lo estaba esperando Kareem. Tenía indigestión, y no precisamente por lo que había desayunado. La tenía porque estaba a punto de tomar la decisión más importante de su vida, pero su mente volvía una y otra vez a la preciosa mujer con quien se había casado. La mujer que cuidaba de su hermana. La mujer que lo volvía loco de deseo. Y, en esas condiciones, no podía pensar con claridad.

Kareem, que ya lo estaba esperando, lo invitó a sentarse y dijo:

—Espero que hayas dormido bien...

—Más o menos. ¿Qué tenemos que hacer hoy?

—Muchas cosas. Pero acabas de llegar al país, y no te quiero abrumar con un exceso de trabajo. De hecho, se me ha ocurrido que mañana podríamos visitar los palacios de Malik, por si quieres usar alguno como residencia oficial.

—Bueno, si te parece conveniente... ¿Cuántos son?

—Seis.

Rashid estuvo a punto de soltar un suspiro.

—¿Es que no hay nada más importante?

—Por supuesto que sí. Pero, como suelen decir, Roma no se hizo en un día —replicó el visir—. Además, las cosas más relevantes no están en los libros y los informes del Estado. Podrías estudiar veinticuatro horas al día y no saber nada de Qajaran. Tienes que conocer el país de primera mano. Tienes que verlo por ti mismo.

Rashid asintió.

—Entonces, encárgate de ello...

—Así lo haré.

—Por cierto, ¿Tora puede venir con nosotros?

—¿A la visita a los palacios? Sí, por supuesto. Estoy seguro de que disfrutará de nuestra arquitectura.

—¿Seguro que no será contraproducente? Lo digo porque, si la gente la ve conmigo y luego regresa a Australia...

–Dudo que eso sea un problema. La gente está acostumbrada a que los emires cambien de mujeres como de camisa. Además, Victoria no es tu amante, sino tu esposa. Y eso le da más respetabilidad.

Rashid sonrió por primera vez en lo que iba de mañana. Con suerte, la visita a los palacios serviría para demostrar a Tora que él no era un monstruo huraño y resentido. Incluso cabía la posibilidad de que se hicieran amigos. Y de la amistad al sexo solo había un paso.

–Excelente –dijo, frotándose las manos–. ¿Qué más tenemos que hacer?

Tora se lo estaba pasando en grande. Después de desayunar, Yousra la había llevado a dar a una vuelta por los muchos y muy hermosos jardines de palacio, que estaban abarrotados de fuentes y flores. Era un lugar tan exótico como tranquilo. Y tras su encuentro con Rashid, necesitaba un poco de tranquilidad.

Justo cuando pensaba que ya había visto toda la belleza que se podía ver, Yousra la llevó a un jardín secreto que estaba oculto tras una arboleda. Tenía un estanque con patos y nenúfares, y un quiosco de música con columnas de mármol, balaustrada rojiza y blancas cortinas que pendían del techo y se agitaban suavemente con la brisa.

–Qué preciosidad –acertó a decir–. ¿Qué es?

–El pabellón de Mahabbah. Se construyó a petición del emir Haalim, cuando falleció su esposa favorita. La quería tanto que lo llamó así por ella... *mahabbah* significa «amor» en nuestro idioma –explicó Yousra–. La leyenda dice que el emir llenó el estanque con sus propias lágrimas.

–El pabellón del amor... –dijo Tora, emocionada.

–Sí, en efecto. Pero sígueme, por favor. Me he tomado la libertad de pedir que nos sirvan un té en el quiosco.

Minutos después, mientras disfrutaban del té en uno de los otomanos que habían instalado, Tora pensó en la tristeza del emir Haalim y declaró:

–Es cierto que debía de quererla mucho. Este lugar es una verdadera maravilla.

–Bueno, dicen que el corazón de un emir de Qajaran vale por el corazón de diez hombres y que, en consecuencia, su amor es diez veces más verdadero.

Tora no quiso discutir con Yousra, pero pensó que el dicho no podía ser más falso. Por lo que había oído, el emir Malik solo había amado diez veces más en el sentido de acostarse con muchísimas más mujeres que el común de los hombres. Y, en cuanto a Rashid, ni siquiera estaba segura de que tuviera corazón.

Al cabo de un rato, volvieron a la suite. Y, después de comer, dieron paso a un divertimento que no se parecía nada a pasear por los jardines: abrieron el vestidor y empezaron a sacar ropa, que Tora se fue probando mientras Atiyah cuidaba de la pequeña y aconsejaba a su señora sobre los distintos tipos de vestidos.

Tora se preguntó cómo era posible que Kareem le hubiera conseguido un vestidor tan completo en tan poco tiempo. El visir no sabía que Rashid se iba a casar con ella, lo cual significaba que había llamado desde el avión y lo había encargado a toda prisa. Por lo visto, trabajar para una casa real tenía sus ventajas.

–¡Ese! ¡Ese te queda maravillosamente bien! –dijo Yousra en ese momento, refiriéndose a un vestido de color turquesa.

Tora se miró en el espejo y se dijo que Yousra tenía razón.

–Sí... es cierto.

Tras probarse unos cuantos vestidos más, Tora se volvió a poner el de color turquesa, porque no le apetecía volver a su camiseta y su falda de costumbre. Luego, Yousra se empeñó en pintarle los ojos a la manera típica de Qajaran, e incluso se ofreció a hacerle un dibujo con jena en los pies.

–Solo quiero probar –dijo–, porque te pintarán los pies y las manos el día de la coronación...

Tora la dejó hacer y, a cambio, le pintó las uñas. Y aún se estaban riendo con los resultados de su pequeño juego cuando Rashid llamó a la puerta y entró.

–Me alegra saber que os estáis divirtiendo... Pero, ¿no se despertará la niña con tanto ruido?

–En absoluto –respondió Tora–. Digan lo que digan, no es cierto que los bebés necesiten silencio para dormir. Al fin y al cabo, oyen bastante ruido cuando están en el vientre de su madre... Y el sonido de las risas es bueno para todos.

–Si tu lo dices...

–Acércate y compruébalo tú mismo. Como verás, está en la gloria.

Rashid se acercó a la cuna con inseguridad y miró a la niña, que dormía plácidamente.

–¿Lo ves? Duerme como un angelito –continuó ella–. ¿No te parece preciosa?

–Sí, desde luego que sí.

Rashid se inclinó y acarició a su hermana con delicadeza. Tenía una piel más suave de lo que habría imaginado nunca.

–Ah, cambiando de tema, Kareem me ha dado una cosa para ti. Es la clave de la conexión de Internet.

Él sacó un papel y se lo dio.

–Gracias –dijo Tora.

–Y ya te he transferido tu dinero.

–¿En serio? No sabes cuánto te lo agradezco...

Rashid la miró durante unos segundos con intensidad. Llevaba un vestido muy bonito, aunque demasiado suelto para su gusto. Él habría preferido algo más ajustado, que hiciera justicia a sus sensuales formas. Pero pensó que estaba increíblemente sexy.

–Mañana voy a ir a visitar los palacios de Malik –le informó–. Y he pensado que quizá te gustaría acompañarme.

–¿Quién? ¿Yo? –preguntó, sorprendida.

–Sí, tú.

–¿Y qué hacemos con Atiyah?

–Será mejor que se quede en palacio, con Yousra. Vamos a estar yendo y viniendo, y dudo que le sentara bien el calor de Qajaran.

–Pero...

–No te preocupes –intervino la niñera–. Estará bien conmigo.

–¿Estás segura? Puede que tardemos mucho en volver...

–Por supuesto que lo estoy. Además, es mi trabajo –le recordó–. Y Atiyah no da demasiada guerra.

–Entonces, asunto resuelto –dijo Rashid–. Nos marcharemos después de desayunar.

–Como quieras...

Antes de salir, Rashid echó un vistazo a las prendas que las dos mujeres habían dejado sobre la cama y dijo:

–Me alegra saber que has encontrado tu ropa nueva.

–Sí, y tenías razón. Kareem ha llenado el vestidor hasta arriba... Yousra me ha estado ayudando a elegir vestidos.

–Pues me gusta mucho el que llevas. Te queda muy bien.

Tora abrió la boca como si fuera a decir algo; pero Rashid se marchó en ese momento, y no lo llegó a oír.

Capítulo 10

FUERON seis palacios en total.

El primero era blanco, con paredes cubiertas de nácar que brillaban a la luz del sol; el segundo era de color rojo, y sus torres y cúpulas parecían un homenaje a los rubís; el tercero estaba lleno de aromáticos jardines, y se llamaba Jazmín en honor a una de las flores favoritas de Malik; el cuarto emulaba los palacios de Venecia, con canales y gondoleros; el quinto era una imitación del palacio de Versalles y el sexto, una especie de parque temático al estilo de Disney.

Pero, en opinión de Tora, ninguno de ellos tenía la elegancia y el buen gusto del viejo palacio, por muchas riquezas que contuvieran.

—¿Por qué hizo tantos palacios? —preguntó a Rashid mientras paseaban por los jardines del sexto—. ¿Para qué los quería?

—Para las mujeres de su harén. Por lo visto, eran tantas que no cabían en el antiguo.

—Oh, vamos, no podía tener tantas amantes. Seis palacios son muchos palacios —replicó ella con incredulidad.

Rashid se encogió de hombros.

—Parece ser que sí. Por lo visto, Malik era un hombre insaciable en el amor... Pero yo encuentro vergonzoso que dilapidara el dinero de esa forma, en lugar de dedicarlo a mejorar la vida de los ciudadanos de Qajaran.

—¿No tuvo hijos?

—No, aunque no fue porque no lo intentara repetidamente —ironizó.

Tora soltó una carcajada.

—¿De qué te ríes? —preguntó él.

—De lo que has dicho, claro... Ha sido un comentario divertido.

—Pues no pretendía serlo.

—Lo sé —dijo con una sonrisa—. Y por eso lo encuentro más gracioso.

Él apartó la mirada, fingiéndose indignado con ella; pero, a decir verdad, se lo estaba pasando en grande. Estar con ella era mucho más entretenido que ahogarse en el papeleo interminable y en el sinfín de documentos sobre la economía del país, que el difunto emir había hundido con su incompetencia y sus caprichos.

Estar con Tora era muy placentero.

Sorprendentemente placentero.

Rashid había pensado que la visita a los palacios le daría la oportunidad de demostrarle que él no era tan terrible. Sin embargo, no imaginaba que ella le gustaría todavía más. Y, en todo caso, suponía un cambio de lo más agradable con respecto a Kareem, cuya conversación era casi siempre seria.

Además, Tora también era más apetecible que el visir. Incomparablemente más.

Aquel día se había puesto un vestido suelto, de color amarillo y naranja, como una puesta de sol. Estaba muy atractiva, y sus inteligentes comentarios sobre los palacios y excesos del antiguo emir, combinados con su sentido del humor, aumentaban su belleza.

De repente, se dio cuenta de que ya no podía esperar más. En ese momento se encontraban en las afueras de la capital, en una zona desértica donde solo había unos cuantos edificios dispersos. Y, al mirar el paisaje, tuvo una idea.

–Para –dijo al conductor.

El chófer detuvo el vehículo. Rashid bajó rápidamente, se acercó a uno de los coches de la escolta y, tras cruzar unas palabras con Kareem, volvió con Tora. Un segundo después, se habían quedado solos. Pero ya no se dirigían a la ciudad. Habían cambiado de rumbo.

–¿Qué ocurre? ¿Adónde vamos? –preguntó ella.

–He pensado que, ya que estamos aquí, podríamos ver el desierto. Me han dicho que hay un oasis cerca.

Tora frunció el ceño.

–¿Tardaremos mucho? Llevamos varias horas fuera, y no quiero abusar de la pobre Yousra. Ya estará harta de cuidar de Atiyah...

Rashid la miró y supo que hablaba en serio. No era una excusa para librarse de él. Estaba verdaderamente preocupada por la niñera y por el bebé.

–No, no tardaremos mucho –le prometió.

El oasis resultó estar a un par de kilómetros de allí. Surgió de entre las arenas como una isla de follaje en mitad de una nada rojiza, sin más presencia humana que unas cuantas familias que merendaban junto a un estanque con una pequeña catarata.

–Es una maravilla... –dijo ella mientras bajaban del coche.

Hacía calor, pero se había levantado una ligera brisa que jugueteaba con las hojas de los árboles y refrescaba un poco.

–Kareem afirma que era un lugar de descanso para las caravanas que atravesaban el desierto. Por lo visto, la ciudad se extendió tanto que el oasis ha terminado en sus afueras, y ahora es una especie de parque.

–Pues es una preciosidad –observó Tora–. ¿Qué te parece si nos refrescamos en el estanque? Llevamos andando todo el día, y los pies me están matando.

Tora se quitó las sandalias mientras hablaba y se dirigió directamente al agua, sin esperar la respuesta de Rashid.

–Está muy fresca... –continuó ella–. Es una verdadera bendición. Deberías probarlo.

Él sacudió la cabeza y rio, pensando que aquello era una locura. Había hecho natación y había competido en remo con sus queridos amigos, pero no recordaba haber metido los pies en un estanque por el simple placer de chapotear. Sin embargo, decidió que era una buena idea, se subió las perneras de los pantalones y la imitó.

Tora tenía razón. El agua estaba fresca, y era la solución perfecta para unos pies cansados de caminar. A lo lejos, una grulla contemplaba el paisaje sobre una sola pata.

–Tenemos que venir un día con tu hermana –dijo Tora, mirando a las familias que merendaban junto a la orilla–. Le gustaría mucho.

–Sí, es posible.

Rashid salió del agua, se sentó en la hierba y se puso a mirar las montañas que se veían al fondo, pensando.

Tora se acercó al cabo de un par de minutos y se acomodó a su lado.

–Gracias por haberme traído –dijo con una gran sonrisa–. Es un sitio verdaderamente mágico. Y me encanta chapotear...

Él volvió a reír.

–¿Sabes una cosa? Yo no lo había hecho nunca.

–¿Nunca? –preguntó, sorprendida.

–No que yo recuerde.

–Pero seguro que de niño ibas a la playa...

Rashid sacudió la cabeza.

–No, aunque en mi colegio había una piscina. De hecho, aprendí a nadar en ella.

Tora se quedó sorprendida; sabía nadar, pero nunca había disfrutado de un placer tan sencillo como descalzarse, meter los pies en el agua y jugar un poco. Al pensarlo, se acordó de la conversación que habían mantenido en la terraza, y de su afirmación de que jamás enviaría a Atiyah a un internado.

–¿Cuántos años tenías cuando te enviaron a aquel colegio?

Él se encogió de hombros.

–No lo sé... Solo sé que tengo la sensación de haber pasado toda mi infancia entre sus paredes –contestó–. Era un buen sitio, en mitad de la fronda de Oxford. Supongo que no me puedo quejar.

–Pero estabas lejos de casa.

–El internado era mi casa.

–¿Y tus padres? ¿No los echabas de menos?

–Mi madre murió cuando yo era un bebé. Y crecí convencido de que mi padre también había muerto.

Tora se estremeció, incapaz de creer que la vida hubiera sido tan cruel con Rashid. Sin embargo, era obvio que su padre estaba vivo en aquella época, y que lo había seguido estando durante mucho tiempo. De lo contrario, no le podría haber dejado una hermanita.

—¿Me estás tomando el pelo?

Él la miró con tristeza.

—No bromearía con algo así —dijo—. Hace poco, me convocaron a una reunión en Sídney y me informaron de que mi padre, un hombre que teóricamente había muerto hace treinta años, falleció hace unas semanas en un accidente. Pero no me dijeron solo eso. También me comunicaron que tendría el honor de ser el tutor de su hija, la pequeña Atiyah... ¿Cómo te habrías sentido tú?

Tora pensó que la respuesta era evidente. Se habría sentido abatida, devastada y profundamente enfadada con todo.

Empezaba a entender su actitud. ¿Quién no la habría entendido? De repente, había descubierto que su vida había sido una mentira y que tenía la responsabilidad de cuidar a la hija del hombre que lo había abandonado.

—Pero, ¿por qué te abandonó? —acertó a preguntar.

—Al parecer, solo quería protegerme.

—¿Protegerte?

Rashid le contó toda la historia. Y, cuando ya había terminado, ella dijo:

—¿Y no se puso en contacto contigo? ¿Ni una sola vez en todo ese tiempo?

—Ni una.

—¿Y quién te crió?

—Una familia de acogida. Era buena gente, pero nunca me sentí a gusto con ellos —respondió—. No me trataban como a un hijo, sino como lo que era, una simple responsabilidad.

—Oh, Dios mío...

—Bueno, no fue tan terrible. Lo que me faltó de amor, me sobró de disciplina. Gracias a ellos, me convertí en un alumno perfecto.

Tora sintió lástima de él. Había crecido solo, sin cariño, sin padres, sin familia real. Y ahora, lo condenaban a dirigir un país entero.

—¿Te quedarás en Qajaran? —preguntó.

Rashid suspiró.

—No estoy seguro. Por lo visto, mi padre no quería que me viera en esta situación. Quizá porque apreciaba su propia libertad y no le agradaba la idea de que yo perdiera la mía. O quizá porque tenía miedo de que intentaran matarme otra vez.

—¿Crees que puede ser peligroso?

—Kareem dice que no. Cree que la gente terminó odiando a Malik, y que son conscientes de que Qajaran necesita un cambio.

Rashid se levantó. Era verdad que Qajaran necesitaba un cambio. Lo había comprobado personalmente. Pero no estaba seguro de ser el hombre adecuado para llevar ese proyecto a buen puerto.

¿Qué debía hacer? ¿Quedarse? ¿Renunciar al trono y volver a su vida anterior? Por fortuna, Zoltan llegaría al día siguiente y le podría aconsejar. Sin embargo, nadie le podía dar las respuestas que estaba buscando. La decisión era exclusivamente suya.

—¿Adónde vas?

—A hacer algo que debo hacer.

Rashid se dirigió hacia una de las dunas que rodeaban el oasis. Al llegar, ascendió por ella, se internó un poco más en el desierto y, a continuación, se puso de cuclillas, tomó un puñado de arena y dejó que se filtrara entre sus dedos. Después, se giró hacia las azules montañas que se veían en la distancia y las admiró durante unos minutos.

Justo entonces, tuvo algo parecido a una revelación.

La arena y las montañas eran el alma de Qajaran, pero también su propia alma.

Aquel era su sitio. Su hogar.

Aún estaba emocionado por el descubrimiento cuando dio media vuelta y volvió sobre sus pasos. Ya había tomado una decisión. Se iba a quedar. Y quería decírselo a Tora, porque tenía la seguridad de que sabría entenderlo.

Al bajar la duna, vio que un grupo de gente se había congregado alrededor de ella. Lo estaban esperando a él, y se sintió inseguro. Sin embargo, la sonrisa de su esposa era tan encantadora que se tranquilizó al instante.

La gente lo miraba con esperanza y afecto. Algunos niños, menos tímidos que sus padres, se acercaban a él y lo tocaban.

Rashid pensó que no merecía ese tipo de recibimiento. No se lo había ganado. Ni siquiera sabía si podría ser un buen emir. Pero los ciudadanos de Qajaran necesitaban un buen gobernante, y él haría lo posible por serlo.

No podría hacer otra cosa.

El viaje de vuelta fue bastante silencioso, porque Rashid estaba sumido en sus pensamientos. Sabía que

Kareem aplaudiría su decisión, pero eso no significaba que se sintiera seguro al respecto.

–¿Qué vas a hacer con los palacios? –se interesó ella–. Te lo pregunto porque doy por sentado que no vas a tener ningún harén...

Él sacudió la cabeza. Desde su punto de vista, una mujer era más que suficiente.

–Sinceramente, no sé qué hacer con los malditos palacios. Su mantenimiento cuesta una fortuna, y el Estado no se puede permitir el lujo de tenerlos cerrados. Tendremos que darles alguna utilidad –comentó–. Sin embargo, Kareem solo quería que los viera por si prefiero vivir en uno de ellos.

–A mí me gusta el antiguo. Tiene tanta historia como carácter... Si yo estuviera en tu lugar, me quedaría en él.

–Pero eso no soluciona el problema de los otros. Qajaran ya tenía un palacio del desierto y otro de la montaña antes de que a Malik se le fuera la cabeza.

–¿Y no se pueden vender?

–¿Venderlos? En absoluto. Se levantaron con el dinero del Estado, y pertenecen al pueblo de Qajaran. Además, nadie podría pagar lo que valen. Y, si se malvendieran, el país perdería una fortuna.

–Pues es un problema.

–Sí que lo es...

–¿Por qué no los convertís en hoteles? A fin de cuentas, son lugares de disfrute, con cientos de salones y dormitorios.

Rashid la miró con interés redoblado.

–¿Eso se te ha ocurrido a ti? ¿O es que oíste a Kareem esta mañana, durante nuestra visita? Lo digo porque me planteó esa posibilidad...

–Se me ha ocurrido a mí –contestó–. ¿Qué más puedes hacer? Serían perfectos como museos, pero no puedes abrir seis museos de repente. Qajaran no recibe tantos turistas, y seguirías con el mismo problema de financiación. Pero se podría buscar una solución alternativa... Por ejemplo, cederlos en alquiler a empresas hoteleras. De ese modo, asegurarías su mantenimiento y, de paso, se crearían puestos de trabajo.

Rashid se frotó la barbilla, sorprendido con la sagacidad de su esposa.

–Bueno, solo era una sugerencia –continuó Tora–. A fin de cuentas, ¿qué sé yo de estos asuntos? No se puede decir que sean mi especialidad.

Él la miró con humor. Quizá no fuera su especialidad, pero había demostrado más sentido común que muchos especialistas.

–Dime una cosa... ¿Cómo es posible que una mujer tan inteligente como tú se pusiera a trabajar para Flight Nanny?

Tora se encogió de hombros.

–Sally y yo somos amigas desde la infancia. Estudiamos juntas en la universidad y, cuando Steve y ella abrieron la empresa, me sumé.

–Pues debéis de ser muy buenas amigas.

–Las mejores. La quiero tanto como si fuera mi hermana –afirmó–. Cuando mis padres murieron, me hundí en la desesperación. Ella me ayudó a superarlo, y volvió a salvarme la vida cuando me enamoré de un hombre inadecuado y acabé con el corazón roto. Sally evitó que me volviera loca.

–¿Un hombre inadecuado? ¿Qué te hizo?

–Él no me hizo nada. Me lo hice yo misma –contestó con tristeza–. Estaba obsesionada con encontrar el amor... Mi necesidad de equilibrar la pérdida de mis padres era tan grande que forcé las cosas hasta el absurdo. Entonces no me di cuenta, pero ahora soy dolorosamente consciente. Intentó ser un caballero. Buscaba la forma de romper conmigo sin hacerme demasiado daño, y yo se lo impedía.

–¿Y cómo terminó?

–Mal, por supuesto. Tuvimos una discusión de lo más desagradable, y dijo que yo era una bruja y un desastre en la cama.

–Pues no eres ni lo uno ni lo otro.

Tora sonrió.

–Gracias, Rashid...

–Me he limitado a decir la verdad. Pero estás mejor sin él. Una persona que te trata con tan poco respeto no merece tu amor.

–Lo sé. Sally me dice lo mismo.

Rashid la miró y cambió de conversación.

–Aún no has respondido a mi pregunta. Ahora sé por qué te metiste en Flight Nanny, pero sigo sin saber por qué querías trabajar con niños.

–Bueno... Siempre me han gustado mucho. Tal vez, porque soy hija única y crecí sola –comentó–. No es que tuviera intención de dedicarme a eso, pero vi que me podía ganar la vida con los niños y seguí adelante.

Él asintió, aunque no estaba seguro de haber comprendido sus razones. También había crecido solo y, sin embargo, no era un hombre sociable.

Justo entonces, se dio cuenta de que estaban a punto de llegar al viejo palacio. Si no hacía algo con rapidez, Tora se marcharía a sus habitaciones y pondría fin a la jornada. Pero Rashid la quería a su lado, así que dijo:

—Cena conmigo.

Ella se quedó tan sorprendida que perdió momentáneamente el habla.

—Solo será eso, una cena —insistió él.

—No sé... La pobre Yousra lleva todo el día con Atiyah...

—Pues ve a tu suite, asegúrate de que están bien y vuelve.

—¿Y si Yousra ya no puede más?

—En ese caso, cenaremos en compañía de mi hermanita —contestó Rashid—. Pero, pensándolo bien, llévala a la cena de todas formas.

Tora parpadeó.

—¿Por qué eres de repente tan razonable?

Rashid se giró hacia ella, la tomó de la mano y la miró a los ojos.

—Porque no me lo había pasado tan bien en mucho tiempo. Y no quiero que este día termine —contestó.

A Tora se le hizo un nudo en la garganta. En parte, por el cálido contacto de su mano y, en parte, porque era obvio que estaba hablando en serio.

Ella tampoco quería que terminara. Había sido un día maravilloso. Le habían enseñado seis palacios a cual más bello, y había estado en compañía de un hombre que le gustaba física y emocionalmente.

En ese momento, entraron en el camino del viejo palacio. Y Tora supo que, si no aceptaba su invitación, Rashid se despediría y se enfrascaría otra vez en los graves problemas políticos del país.

Pero no quería que se fuera.

Qajaran podía esperar.

–Sí. Cenaré contigo.

–Excelente...

Rashid tomó su mano y se la besó mientras le lanzaba una mirada llena de cariño. Tora se estremeció, y no solo de deseo. Había visto algo en sus ojos; algo profundo que iba más allá de la atracción sexual.

El chófer detuvo el coche en el vado de palacio. Rashid la ayudó a bajar y la llevó hacia la escalera, pero se detuvo en seco cuando vio a la guardia de honor que siempre formaba en la entrada. Junto a los soldados, había un hombre alto y fuerte, de cabello negro, que los miraba con humor.

–¿Quién es? –preguntó ella.

–¡Zoltan! –exclamó Rashid con una gran sonrisa.

Su esposo le soltó la mano y corrió hacia el desconocido. Tora respiró hondo y pensó que se acababa de quedar sin cena.

–¡Mi querido Zoltan! ¿Qué haces aquí? –Rashid abrazó a su amigo y lo miró a los ojos–. Creía que llegabas mañana.

Zoltan rio.

–He querido darte una sorpresa.

–Pues es una sorpresa maravillosa –replicó–. Gracias por venir... No sabes lo mucho que significa para mí.

–Y para mí. ¿Quién iba a imaginar que un pobre huérfano que se hizo ingeniero terminaría en un puesto tan alto? –ironizó.

–Ya ves. Así es la vida.

Zoltan cambio de actitud y dijo, muy serio:

–Creo que no lo has pasado muy bien últimamente.

–Crees bien. Tengo tantas cosas que contarte...

–Pues cuéntamelas durante la cena.

Rashid se giró entonces hacia el coche, con intención de dirigirse a su mujer y presentársela a Zoltan.

–¿Tora?

Para su asombro y tristeza, Tora se había marchado. Se había ido de repente, poniendo fin a lo que, hasta entonces, había sido un día perfecto.

–¿Has dicho algo? –preguntó Zoltan.

Rashid sacudió la cabeza y se dijo que, pensándolo bien, era mejor así. Su esposa le había ahorrado una presentación que podría haber sido incómoda. Con un poco de suerte, Zoltan se marcharía de Qajaran sin saber que se había casado. Por supuesto, tendría que decírselo en algún momento. Pero ahora tenían asuntos más importantes que tratar.

–No, nada... –contestó–. Dime, ¿qué tal está tu familia?

Tora se dirigió a la suite, intentando convencerse de que había hecho lo más pertinente. Si se hubiera quedado en la entrada, Rashid se habría visto en la obligación de presentarle a su amigo. Pero, ¿qué sentido tenía eso? Su matrimonio era un acuerdo temporal. Más tarde o más temprano, se divorciarían. Y no quería establecer lazos emocionales que luego tendría que romper.

Cuando entró en sus habitaciones, descubrió que Yousra estaba cantando una nana mientras mecía la cuna de Atiyah.

–¿Qué tal está? –preguntó a la niñera.

–Bien, pero no consigo que se duerma...

Tora se inclinó sobre la cuna y tomó en brazos al bebé.

–Lo siento. Tendría que haber vuelto antes.

Tora se sintió terriblemente culpable por haberla dejado todo el día con Yousra. La niña se estaba acostumbrando a ella, y era evidente que la había echado de menos. Sin embargo, se dijo que no debía pensar en esos términos. Atiyah no era hija suya; era un trabajo, una responsabilidad que terminaría en algún momento, cuando se divorciara de Rashid.

No podía cometer el error de encariñarse con ella. Porque, si lo cometía, le partiría el corazón y se lo partiría a sí misma.

Tora clavó la vista en los grandes ojos de la pequeña y se maldijo para sus adentros, pensando que su presencia era una espada de doble filo. Desde luego, contribuiría a que Atiyah se sintiera segura durante una temporada; pero, cuanto más tiempo estuvieran juntas, más dura sería la separación.

Además, había un asunto añadido que complicaba las cosas. En circunstancias normales, se habría limitado a mantener la actitud profesional que siempre había demostrado en su trabajo. Sin embargo, Rashid se sentía tan incómodo con su hermana que ella no tenía más remedio que hacer de madre y equilibrar las carencias emocionales de la pobre Atiyah.

Definitivamente, tenía un problema.

Capítulo 11

EL CREPÚSCULO de Qajaran era muy corto. Los días parecían tener prisa por dar paso a la oscuridad, y aquel no fue una excepción.

Cuando Atiyah se durmió, Tora habló con Yousra y le dio la noche libre para que pudiera estar con su familia. Quería desligarse un poco del bebé, pero pensó que ya había abusado bastante de la niñera y, además, ardía en deseos de quedarse sola. Le apetecía sentarse, cenar y comprobar el móvil.

Tora sonrió al ver que Sally le había enviado un SMS. Su amiga le informaba de que Steve se encontraba mejor y de que al día siguiente viajarían a Alemania, donde recibiría el tratamiento que le podía salvar la vida.

Sin embargo, su sonrisa dio paso a las lágrimas cuando leyó las últimas líneas del mensaje. Sally decía que los médicos no les habían prometido nada, pero que afrontaban el viaje con esperanza y que, en cualquier caso, le estaban profundamente agradecidos por lo que había hecho.

Tora se secó los ojos e intentó recordarse que eran buenas noticias. De hecho, no podían ser mejores. Y pensó que, a pesar del daño que le había hecho, y del que pudiera sufrir cuando se divorciaran, su matrimonio con Rashid había merecido la pena.

Sobre todo, si el tratamiento funcionaba.

Sobre todo, si Steve sobrevivía.

—Bueno, ¿cómo es tu hermanita?

Zoltan alcanzó unas uvas del racimo que estaba en la mesa y miró a Rashid. Se habían sentado en uno de los salones de palacio que daban a los jardines.

—No sé que decir... —respondió su amigo—. Solo es un bebé. Aunque precioso.

—¿Eso es todo lo que me puedes contar? Cómo se nota que no tienes hijos propios... Pero espera a tenerlos. Te aseguro que no serás tan críptico con las descripciones. Harás un mundo de su primera sonrisa y su primer diente.

Rashid bufó.

—Sinceramente, lo dudo mucho.

—Pues no lo dudes —insistió Zoltan—. Además, un emir necesita un heredero. Y es mejor que te pongas manos a la obra, porque el tiempo no pasa en balde.

Rashid sacudió la cabeza.

—Tengo tiempo de sobra. Ya lo pensaré cuando llegue el momento.

—No, querido amigo. Tienes que buscarte una esposa y engendrar un hijo. Tus días de soltero han terminado. Ya no puedes ir por el mundo como si no tuvieras responsabilidades. De hecho, no tienes elección.

Rashid estuvo a punto de decirle que ya se había casado, aunque solo fuera para cerrarle la boca. Pero se lo calló, porque sabía que Zoltan se iría de la lengua y se lo contaría a Bahir y a Kadar, que a su vez le harían la vida imposible cuando llegaran a Qajaran.

—¿Así es como pretendes convencerme de las virtudes del matrimonio? Porque, francamente, no suena muy bien...

—No, supongo que no —dijo Zoltan con una sonrisa.

Rashid cambió rápidamente de tema.

—De todas formas, no te he pedido que vengas para que hablemos de mi vida amorosa. Me he metido en un buen lío, y necesito que me aconsejes.

Rashid salió a la terraza y se apoyó en la barandilla. Se había hecho de noche, y no se oía nada salvo el agua de las fuentes.

Todo estaba tranquilo. Todo menos sus propias emociones, absolutamente opuestas a la quietud del paisaje nocturno. Y no sabía por qué. A fin de cuentas, había tomado su decisión. Se iba a quedar Qajaran.

Entonces, ¿por qué estaba tan inquieto? Su corazón latía como un potro desbocado, y su estómago estaba tan tenso que casi le dolía.

La reunión con Zoltan no había sido tan útil como imaginaba. En el mejor de los casos, solo había servido para que fuera aún más consciente de todo lo que tenía que hacer y todo lo que debía aprender.

Y ahora tenía miedo.

Dudaba más que nunca de su capacidad para dirigir los destinos de Qajaran. Dudaba de sí mismo, aunque su sentido del deber lo empujara a seguir adelante.

Y no estaba acostumbrado al miedo.

Rashid no había fracasado en nada que se hubiera planteado seriamente. Analizaba las situaciones, calculaba los riesgos y trabajaba duro hasta conseguir lo que quería. Pero, hasta entonces, todas sus decisiones se habían basado en sus deseos, en el camino que había elegido llevar.

Y aquel no era su camino. Las circunstancias lo habían arrojado a un pozo oscuro del que ya no podía salir.

Sentido del deber, inseguridad, miedo.

Estaba atrapado entre tres emociones que lo azotaron y sacudieron salvajemente durante muchos minutos. Hasta que, al final, apareció una cuarta en el campo de batalla y se impuso al resto.

La necesidad.

Una necesidad poderosa e insistente, que se extendía como una niebla que alcanzaba hasta los rincones más profundos de su ser. Una necesidad cuyo origen se encontraba a pocos metros de allí, en un grupo de habitaciones de ese mismo palacio.

Tora.

Rashid se giró hacia la suite contigua, donde aún había luz, y pensó en su mujer. Tora le escuchaba, le prestaba atención, comprendía sus sentimientos y razones. Incluso le había iniciado en el sencillo placer de meter los pies en el agua.

¿Y cómo se lo había pagado él? Con frialdad.

Cuando empezó a andar, ni siquiera era consciente de haber tomado una decisión. Pero la había tomado, y siguió andando hacia la única luz de sus días.

Hacia Tora.

Se había hecho tarde, y Tora era consciente de que debía cerrar el libro y acostarse. Pero estaba completamente fascinada con su lectura, un texto sobre la historia de Qajaran y sobre las guerras y cruzadas que habían asolado el país. En parte, porque el viejo palacio era el entorno perfecto para muchas de las cosas que se decían en sus páginas.

Echó un vistazo al reloj de pared y se prometió que solo leería un capítulo más, solo uno más. Y justo entonces, alguien llamó a la puerta de la terraza.

Estaba tan concentrada en el libro que se asustó. ¿Quién podía ser? No lo sabía, pero se levantó de la cama y se puso una bata de inmediato porque, fuera quien fuera, no podía abrir en camisón.

—¿Tora? —se oyó la voz de Rashid—. ¿Estás despierta?

Tora se acercó a la puerta de la terraza, que había dejado entreabierta, y se detuvo detrás de la fina y vaporosa barrera de la cortina.

—¿Qué quieres? —preguntó.

Rashid sacudió la cabeza al otro lado.

—Yo... No es nada importante. Solo quería pedirte disculpas por no haber cenado contigo esta noche... y por haberte dejado esperando mientras saludaba a Zoltan.

—No te preocupes. Lo comprendo —dijo ella—. Es normal que quisieras hablar con tu amigo.

—Sí, bueno...

—¿Querías algo más?

Rashid carraspeó, nervioso.

—Verte —contestó—. Y darte las gracias por el día que hemos pasado.

A Tora se le hizo un nudo en la garganta. Sabía que solo eran palabras, y que no implicaban necesariamente nada. Pero Rashid lo dijo de un modo tan sincero que se emocionó.

—Yo también te estoy agradecida. Me he divertido mucho...

–Me alegro –dijo él–. Mañana, cuando me levante, hablaré con Kareem y le comentaré las ideas que me diste sobre los palacios.

Tora se acordó de que necesitaba hablarle de su hermana. Había tomado la decisión de apartarse un poco de Atiyah, lo justo para que no se acostumbrara a ella; y, naturalmente, eso significaba que tendrían que contratar a otra persona para que echara una mano a Yousra. Pero no quiso romper la magia de su encuentro con un problema tan prosaico.

–¿Qué sientes cuando un bebé te sonríe? –dijo él.

Tora se quedó desconcertada con la pregunta, aunque reaccionó enseguida.

–Es como si el sol te diera un abrazo. Como si el mundo entero se iluminara de repente y te envolviera con su luz.

Rashid asintió. Pero su mirada era tan extraordinariamente seria que Tora se preguntó qué estaría pensando.

–Espero sentir lo mismo algún día... Y ahora, será mejor que me vaya. Ya te he molestado bastante.

Él se dio la vuelta. Tenía los hombros hundidos, como si llevara un peso terrible.

–¿Rashid?

–¿Sí?

Tora apartó la cortina, llevó las manos a su cara y le dio un beso dulce y cariñoso. Un beso que no pretendía excitar, sino calmar.

–Gracias por haber venido, Rashid. Buenas noches.

Rashid soñó que Tora le cantaba la nana de Atiyah y, cuando despertó, aún seguía sonando en su cabeza.

Durante el desayuno, habló con Kareem y le preguntó si conocía aquella canción que hablaba de naranjas, albaricoques y palomas.

—Me resulta familiar, pero no sé dónde la he oído... —le dijo—. ¿Te suena de algo?

Kareem lo miró con tristeza.

—Es una nana persa, tan antigua como bonita. Y es lógico que te resulte familiar, porque supongo que te la cantaban tus padres.

Rashid sintió un escalofrío.

—Eso no es posible. Mi madre murió cuando yo solo tenía unas pocas semanas... No puedo creer que la recuerde.

El visir se encogió de hombros.

—¿Quién sabe? Puede que tu padre te la siguiera cantando cuando ella falleció —observó Kareem—. En cualquier caso, es un regalo del pasado. Guárdalo en ti como si fuera un tesoro.

Rashid se echó hacia atrás, pensativo. ¿Un tesoro? Él no estaba tan seguro de que lo fuera, porque no se imaginaba en compañía de su padre y, mucho menos, en esas circunstancias. Si él no lo hubiera abandonado, si no hubiera guardado silencio durante treinta años, quizás habría creído que aquel hombre cantara nanas a su hijo. Pero lo había abandonado y había guardado silencio.

—Él te quería, Rashid. Sé que te cuesta creerlo, pero se limitó a hacer lo que tenía que hacer. Igual que tú.

Rashid suspiró y pensó que el viejo visir estaba en lo cierto. Le costaba creerlo. Le costaba mucho.

Después de desayunar, Rashid mantuvo una pesada y aburrida reunión sobre asuntos de Estado con Kareem y el Consejo de Ancianos. En cuanto terminó, se fue en busca de su amigo. Y, al cabo de unos minutos, Zoltan le preguntó:

—¿Cuándo la voy a conocer?

Rashid se acordó inmediatamente de Tora, del beso que le había dado la noche anterior y de las tórridas imágenes que habían asaltado su mente cuando se fue a la cama.

—¿Por qué la quieres conocer?

—Porque es tu hermana. No me digas que la tienes encerrada en algún armario... —dijo con sorna—. Ni tú serías capaz de negarle la luz del sol.

—Ah, te refieres a Atiyah...

Zoltan frunció el ceño.

—¿A quién si no me iba a referir?

Rashid se sintió tan aliviado como contento. Su amigo le acababa de dar la excusa perfecta para volver a ver a Tora.

—Bueno, si tanto empeño tienes... Llamaré a un criado para que vayan a buscarla.

La alegría de Rashid duró poco. Había supuesto que su hermanastra aparecería en brazos de Tora, pero llegó en brazos de Yousra, la niñera.

—Es una niña preciosa —dijo Zoltan, que se quedó encantado con la pequeña—. Tendrás que vigilarla bien cuando crezca... Será tan guapa que todos los hombres se quedarán prendados de ella.

Rashid arqueó una ceja. No lo había pensado hasta entonces, y no estaba seguro de que le agradara la idea.

Atiyah empezó a sollozar en ese momento; pero Zoltan, que tenía experiencia con los niños, se inclinó sobre ella, le acarició suavemente la planta de los pies y consiguió que sonriera al instante.

—Vaya, vaya... tienes cosquillas, ¿eh?

La niña siguió sonriendo y sacudiendo sus pierne-
citas durante unos segundos; hasta que, súbitamente,
se puso colorada y rompió a llorar.

–Oh. Será mejor que te deje con tu hermano.

Antes de que Rashid se pudiera negar, Zoltan se
giró hacia él y le plantó a Atiyah entre los brazos.

Rashid la miró con terror, preguntándose cómo era
posible que una criatura tan pequeña pudiera llorar y
berrear con tanta energía.

Pero era su hermanita.

Era sangre de su sangre.

Y, como no podía hacer otra cosa, la meció con
dulzura para tranquilizarla.

Lamentablemente, no lo consiguió. La niña lloraba
y lloraba, como si quisiera algo que él no le podía dar.
Y Rashid pensó que era cierto. No tenía nada que ofrecer. Nada salvo una antigua nana persa.

Ya se disponía a cantársela cuando su miedo se
interpuso y lo empujó a quitársela de encima.

–¡Yousra! –dijo, con más vehemencia de la necesaria–. Encárgate de mi hermana. No consigo que se
calme.

Yousra se hizo cargo de Atiyah. Y Zoltan, que era
perfectamente consciente de la incomodidad de Rashid, cambió de conversación.

–Bueno, creo recordar que tus ministros nos están
esperando...

–Sí, es cierto –dijo Rashid–. Pero será una reunión
breve.

Querida prima Vicky:
Acaba de surgir una oportunidad de conseguir di-
nero rápido y, naturalmente, me he acordado de ti.

Pero hay un pequeño problema: necesito medio millón de dólares con urgencia, porque estoy esperando unos fondos que no acaban de llegar.

¿Podrías hipotecar tu casa y prestarme el dinero? Te lo devolveré dentro de poco, y te pagaré cien mil dólares a modo de compensación.

Por favor, escríbeme tan pronto como puedas.

Tu primo,
Matt
PS: Como tus padres solían decir, la sangre es más espesa que el agua.

Tora se quedó mirando la pantalla con incredulidad. ¿Cómo se atrevía a pedirle nada? ¿Es que la había tomado por estúpida? Primero, le estafaba el dinero de la herencia y, ahora, esperaba que hipotecara la casa.

Definitivamente, sus padres estaban equivocados al pensar que la familia era lo único seguro. Y, si no estaban equivocados, al menos habían cometido un error con Matthew.

Ya estaba a punto de borrar el mensaje cuando se le ocurrió una idea. Algo mucho mejor que olvidar el asunto y seguir con sus cosas. Así que escribió unas líneas, las firmó y se las envió a su primo.

Segundos después, recibió otro SMS. Pero no era de Matt, sino de Sally, quien le informaba de que estaban en el aeropuerto y a punto de subir al avión que los llevaría a Alemania.

—¿Tora?

Tora se sobresaltó al oír la voz de Rashid, que debía de haber entrado en algún momento.

–Estoy en la terraza...

Rashid apareció enseguida y preguntó:

–¿Qué haces aquí?

–¿Nunca llamas antes de entrar? –replicó ella.

Rashid frunció el ceño.

–¿Por qué no has venido cuando te he llamado?

–Porque no has pedido que fuera yo, sino que te llevaran a Atiyah. Y Yousra es perfectamente capaz de hacer eso.

–Sí, pero esa no es la cuestión. Tendrías que haberla llevado tú.

–¿Por qué?

–Porque está a tu cargo. Es tu responsabilidad.

–No, Rashid, es responsabilidad tuya –puntualizó ella–. Pero quieres que yo la cuide, y eso es un error grave.

–¿Un error? –preguntó, sin entender nada.

–En efecto. Si me ve con frecuencia, se acostumbrará a mí y establecerá lazos emocionales. Ayer, cuando volvimos a palacio, estaba tan nerviosa que Yousra no la podía tranquilizar. Y eso que solo he estado con ella unos pocos días.

–Pues ahora no está mucho mejor. Se ha puesto a llorar como una condenada.

Justo entonces, Yousra entró en la suite.

–Lo siento mucho. No consigo que se calme...

–No te preocupes –dijo Tora–. Déjamela a mí.

Tora pidió a Yousra que preparara un biberón y, mientras esperaban, acunó a la pequeña con dulzura. Atiyah se fue tranquilizando poco a poco.

–¿Lo ves? Es lo que te decía... Se está acostumbrando a mí. O contratas a otra persona para que ayude a Yousra o te encargas personalmente del asunto.

–Pero ¿por qué? Si se siente tan bien contigo...

–Yo me voy a marchar, Rashid –le recordó–. Me iré tan pronto como nos divorciemos. ¿O es que lo has olvidado?

Rashid sacudió la cabeza.

–Pues quédate más tiempo.

–¿Más tiempo? ¿Y qué pasará después? –replicó–. Solo empeoraríamos la situación.

–¿Cuánto quieres por quedarte una temporada?

Ella suspiró.

–Rashid, hay cosas que el dinero no puede comprar.

Yousra reapareció con el biberón, y empezó a alimentar a la niña.

–Entonces, enséñame lo que debo hacer –dijo Rashid tras unos segundos de silencio–. Dime cómo debo sostenerla para que no llore.

Tora parpadeó.

–¿Lo dices en serio?

–Por supuesto que sí. Es mi hermana.

Tora miró a Atiyah, que aún estaba colorada de tanto llorar. En otras circunstancias, le habría dicho que esperara a un momento más oportuno, aunque solo fuera para evitar una situación que podía complicarse. Pero habría sido injusto para él y para su hermanita, de modo que esperó a que la niña se tranquilizara un poco y dijo:

–Siéntate. La pondremos en tus brazos, aprovechando que está tomando el biberón. Puede que no se dé cuenta...

Rashid se sentó y dejó que le pusieran a la niña en brazos. Atiyah se puso tensa al instante y dejó de beber.

–Tranquila, pequeña, no pasa nada –dijo Tora.

Atiyah no parecía nada convencida y, como estaba a punto de romper a llorar, Tora no tuvo más remedio que quitársela a Rashid.

–Bueno, será mejor que me vaya –dijo él.

Tora asintió y lo miró con cariño. La prueba no había salido bien; pero, al menos, lo había intentado.

–No te preocupes, Rashid. No pasa nada. Te prometo que, si le das un poco de tiempo, se acostumbrará a ti.

Las palabras de Tora seguían resonando en la mente de Rashid mucho después de que las hubiera pronunciado. Pero no eran ningún consuelo. Su intento de acercamiento a Atiyah había sido un fracaso. Y, por si eso fuera poco, Tora le había dicho que se iba a ir y que no podía hacer nada por evitarlo.

Ella tenía razón. Había cosas que el dinero no podía comprar. Pero ¿por qué tenía que volver a Australia? ¿A qué venía tanta prisa? Si Atiyah le preocupaba, era lógico que se quedara una temporada. Por lo menos, el tiempo suficiente para que él se acostumbrara a sus nuevas responsabilidades.

Además, estaba fascinado con ella. Tora era una amante apasionada, una niñera excelente, una gran mujer de negocios y, llegado el caso, una buena amiga que sabía escuchar, entender y aconsejar.

Y no quería que se fuera.

Aún no.

–¿Rashid?

La voz de Kareem lo sacó de sus pensamientos. El visir estaba en la puerta de la sala adonde Rashid se dirigía, dispuesto a mantener una más de sus innumerables reuniones. Esta vez, sobre política internacional.

–Menos mal que has llegado. Te estábamos esperando...

Rashid asintió y volvió a pensar en la frase de Tora.

Definitivamente, el dinero no lo compraba todo. Él lo sabía muy bien. Era un hombre rico y, sin embargo, no podía escapar de su destino.

A la mañana siguiente, Tora y Yousra estaban sentadas en el pabellón de Mahabbah, disfrutando de la suave brisa que mecía las cortinas. Atiyah yacía en el suelo, sobre una alfombra, e intentaba gatear sin demasiado éxito. Pero, de vez en cuando, la niña interrumpía sus ejercicios y miraba a Tora como para asegurarse de que seguía estando allí.

Al cabo de un rato, oyeron voces. Eran dos mujeres morenas y una rubia, todas bellísimas, que caminaban hacia el pabellón en compañía de unos cuantos niños.

–Parece que tenemos visita –dijo a Yousra–. ¿Sabes quiénes son?

–No. No las había visto nunca.

Tora levantó a Atiyah del suelo y se giró hacia las desconocidas, que llegaron unos segundos después.

–Sentimos molestar, pero nos han dicho que Atiyah estaba aquí –dijo una de las morenas–. Y nos gustaría conocerla.

–La tienes delante –le informó Tora.

–Oh, qué criatura más bonita... –dijo la misma mujer–. Espero que nos disculpes. Nos hemos emocionado tanto al saber que Rashid tiene una hermana que hemos querido verla inmediatamente. Somos las esposas de sus tres mejores amigos, sus hermanos del desierto, como él los llama.

–Ah...

–Te presento a Amber, la esposa de Kadar. Y a Marina, que además de ser esposa de Bahir, es mi hermana. Yo soy Aisha, la mujer de Zoltan, el hombre que ha estado aconsejando a Rashid. Los niños son nuestros hijos.

–Encantada de conoceros.

Tora estaba algo abrumada por la aparición de las tres mujeres, pero también contenta. Tres de los niños eran bebés de corta edad con los que Atiyah podría jugar. De hecho, ya los estaba mirando con sumo interés.

–Así que los hermanos del desierto tienen una niña más... –intervino Marina, que acarició a Atiyah–. Y, de paso, nuestros hijos acaban de ganar una tía.

–Eres australiana, ¿verdad? –dijo la rubia, Amber–. Lo he notado por tu acento.

Tora asintió.

–Sí, lo soy.

–Yo también... ¿De dónde eres?

–De Sídney, ¿y tú?

–De Melbourne.

–¿Y vives aquí?

–No, Kadar y yo tenemos una casa en Estambul. Nos casamos hace seis meses, pero... bueno, es una historia muy larga –dijo con una sonrisa–. ¿Y tú? ¿Cómo has terminado en Qajaran, cuidando de la hermana de Rashid?

Tora también sonrió.

–Mi historia sería tan larga como la tuya –ironizó–. Pero, de todas formas, solo estoy aquí temporalmente. Me marcharé pronto.

Las recién llegadas se miraron con desconcierto.

–¿Te vas a ir? –preguntó Aisha–. Yo pensaba que...

–Tú y todas –la interrumpió su hermana–. Al verte, las tres hemos pensado que estabas con Rashid. Nuestro amigo necesita una mujer con urgencia.

–Sobre todo ahora, que tiene que cuidar de Atiyah –observó Amber.

Tora se arrepintió más que nunca de haberse casado con Rashid por dinero. Estaba en una situación muy incómoda, porque no podía decir nada; así que cambió de conversación y las invitó a sentarse.

Durante un rato, se dedicaron a tomar té, charlar de sus hijos y maridos y reír a pierna suelta. Aisha, Amber y Marina eran tan encantadoras y estaban tan aparentemente felices con sus respectivos matrimonios que Tora lamentó no ser como ellas.

–Disculpen la interrupción...

Las cuatro mujeres se giraron hacia la persona que acababa de llegar al pabellón de Mahabbah. Era Kareem, que hizo una reverencia y se dirigió a Tora de usted y con gran formalidad, porque estaban en público.

–Su excelencia quiere verla en privado –le informó.

–¿En privado? ¿No ha dicho por qué?

–No, solo ha dicho que necesita hablar con su esposa.

Aisha, Marina y Amber se giraron hacia ella con cara de asombro.

–¿Su esposa? –preguntó la primera.

–Yo he oído lo mismo –afirmó la segunda.

–Pero entonces... –empezó la tercera.

Tora sacudió la cabeza, completamente ruborizada.

–No, no... –acertó a decir–. No es lo que creéis...

Minutos más tarde, Tora entró en el despacho de su marido, que estaba caminando de un lado a otro como un tigre enjaulado.

–He estado pensando en nuestra situación actual –dijo en cuanto la vio–. Como seguramente sabes, mis amigos acaban de llegar a palacio con sus esposas e hijos...

–Sí, ya estoy informada.

–Los conozco bien, y sé que armarían mucho revuelo si supieran que me he casado, así que he tomado una decisión. Les diré que tu papel se limita a ser mi acompañante durante la ceremonia de coronación. Es mejor que no estén informados de nuestro matrimonio.

Rashid se detuvo de repente y preguntó:

–¿Qué te parece?

Tora tragó saliva.

–Me parece que es un poco tarde para eso.

Capítulo 12

CÓMO? –preguntó Zoltan, mirando a Rashid–. ¿Que ya estás casado? ¡Serás canalla...! ¡Me hiciste creer que tenías intención de seguir soltero!

–¡Y la tenía!

–¿Ah, sí? Entonces, ¿cómo explicas que seas un hombre casado?

–¡No es un matrimonio de verdad! –se defendió.

–Sea como sea, quiero saber cómo es posible que no invitaras a tus mejores amigos a la boda –intervino Bahir.

–Yo también quiero saberlo –dijo Kadar–. Nosotros te invitamos a las nuestras.

Rashid miró a sus amigos y esposas con desesperación. Estaban en uno de los salones de palacio, donde habían quedado antes de ir a comer.

–¿Queréis saber por qué no os invité? Está bien, os lo diré. No os invité porque Kareem nos casó en el avión, en pleno vuelo... Disculpadme, pero no sé cómo podría haber enviado las invitaciones estando a miles de metros de altura –ironizó.

–Ya, pero eso no explica que lo hayas guardado en secreto –observó Zoltan–. Nos has engañado. Te has comportado como si siguieras soltero.

–¿Es que no me habéis oído? ¡No es un matrimonio de verdad! –exclamó Rashid, que suspiró–. Me casé porque tenía que casarme con alguien para que me concedieran la tutela de Atiyah.

–¿Su tutela? ¿Para qué? –se interesó Marina–. Es tu hermana.

–Sí, pero se supone que nuestro padre falleció en un accidente de helicóptero, hace treinta años. Y como la gente sigue convencida de ello... Pero, ¿qué diablos importa eso? –preguntó con vehemencia–. Karcem dijo que, si no me casaba, no me darían la tutela. Y me tuve que casar. Fin de la historia.

–¿Fin de la historia? Pero si acaba de empezar lo bueno... –se burló Bahir–. A ver si lo he entendido bien. Estabas en un avión con una desconocida, le pediste que se casara contigo y ella aceptó.

–Tora, se llama Tora –intervino Aisha–. Y me cae bien.

–A mí también me cae bien –dijo su hermana–. Es encantadora.

–¿Cómo no, siendo australiana? –dijo Amber.

–Pues Tora tiene que ser verdaderamente masoquista para casarse con un hombre como tú, Rashid –comentó Kadar–. ¿Qué le ofreciste a cambio?

–¿Qué quieres decir con eso?

–Oh, vamos, no me dirás que se casó contigo por bondad... –dijo Zoltan.

–Ni porque seas un dechado de virtudes –sentenció Bahir.

–Muy bien, os lo diré... Se casó conmigo a cambio de una compensación económica. Fue un acuerdo estrictamente político.

–Oh, pobre Rashid –dijo Zoltan, llevándose una mano al corazón–. Te quieren tan poco que has tenido que pagar a una mujer para que se case contigo.

–Dame un respiro, por favor. Cualquiera diría que estoy con un puñado de románticos, y no lo estoy.

–No, pero ninguno de nosotros ha llegado hasta el extremo de tirar de talonario.

Aisha echó un vistazo a su alrededor y dijo:

–¿Dónde está Tora? No me digas que no la has invitado a comer con nosotros...

Rashid sacudió la cabeza, incapaz de creer lo que estaba oyendo.

–¡No la has invitado! –exclamó Marina, mirándolo con horror–. ¿Cómo es posible que seas tan insensible?

–Claro que la he invitado, pero no ha querido venir. Dice que se sentiría fuera de lugar entre mis amigos del alma y sus mujeres –contestó–. ¿Ya os habéis quedado contentas? ¿O vais a seguir insistiendo?

La respuesta llegó un segundo después, cuando todas se empeñaron en que fuera a buscar a Tora. Y Rashid no tuvo más remedio que ir.

Tora aún estaba sonriendo cuando apagó el teléfono móvil. Sally le había escrito para decirle que Steve ya había ingresado en el hospital y que los médicos habían empezado con el tratamiento.

Evidentemente, no tenían la seguridad de que el tratamiento funcionara. Pero eran buenas noticias. Y Tora necesitaba oír buenas noticias.

–¿Tora? –dijo Yousra, entrando en la habitación.

–¿Sí? ¿Qué pasa?

–Su excelencia está aquí. Dice que quiere verte.

Tora respiró hondo. Suponía que Rashid seguiría enfadado por lo sucedido, aunque a ella le parecía absurdo. ¿De verdad creía que podía invitar a sus amigos sin que se enteraran de que se había casado? Desde su punto de vista, el desliz de Kareem era irrelevante. Si no lo hubieran sabido por él, lo habrían sabido por otra persona.

Sin embargo, Rashid no estaba enfadado. De hecho, había ido a buscarla para insistir otra vez en que comiera con ellos.

–¿Estás seguro? Podrían llegar a conclusiones equivocadas...

–Me temo que ya han sacado esas conclusiones. Además, parece que les has gustado mucho a sus esposas. Afirman que, si no vienes conmigo, se presentarán ellas mismas y te llevarán a rastras.

Tora rio.

–En ese caso, será mejor que vaya.

–¿Con Atiyah?

Ella sacudió la cabeza.

–No, la dejaré con Yousra. Ha estado jugando con los niños, y ha gastado tanta energía que dormirá una semana entera –bromeó.

–Hablando de Atiyah, ¿has considerado la posibilidad de quedarte más tiempo? Al menos, hasta que yo aprenda a manejarla...

Tora suspiró.

–Mira, Rashid...

–No, no hace falta que contestes ahora –la interrumpió–. Piénsalo bien. Te aseguro que solo quiero lo mejor para ella, aunque no lo parezca. Estoy decidido a ser un buen hermano, y aprenderé todo lo que sea necesario.

Rashid la tomó de la mano y añadió:

–Prométeme que lo pensarás. Sé que es mucho pedir, pero no espero que te quedes por simple solidaridad. Ya se nos ocurrirá algo.

Tora lo miró a los ojos. Al principio, había pensado que Rashid era un hombre hosco, arrogante y dictatorial; pero su opinión había cambiado con el tiempo, y sabía que estaba hablando en serio.

—Está bien. Lo pensaré.

Rashid asintió y la acompañó al salón donde se habían quedado sus amigos.

—¡Por fin! —dijo uno—. Ya estábamos a punto de ir a buscarte...

—Menos mal que has venido —dijo otro—. Rashid es insoportablemente infantil si no está acompañado de alguna persona adulta.

Rashid suspiró y dijo:

—Ah, mis queridos hermanos del desierto. Os quiero con toda mi alma. Aunque, a veces, os estrangularía con mis propias manos.

El día de la coronación amaneció tan despejado y con tan buena temperatura que a cualquiera le habría parecido perfecto. Y también se lo habría parecido a Rashid si no hubiera estado a punto de ser rey.

Se había levantado muy pronto y, como no podía escapar de su destino, se había dedicado a disfrutar del amanecer en la terraza de la suite, con un café en la mano. Pero se sentía como si le estuvieran apuntando con una pistola.

Iba a ser un día largo. Primero, un desayuno con dignatarios extranjeros y nacionales; después, un sinuoso desfile por las calles de la ciudad, para que el pueblo pudiera ver a su nuevo emir; luego un banquete oficial previo a la ceremonia, que se retransmitiría a todo el país y, por último, una cena de Estado para seiscientas personas y una conclusión a base de salvas de artillería y fuegos artificiales.

Iba a ser un día agotador.

Agotador y abrumador para él.

Estaba tan nervioso que, cuando volvió a alcanzar la taza de café, le tembló la mano. Se había sumergido en la historia política y económica de Qajaran; había leído todo lo que se podía leer al respecto y, naturalmente, había prestado atención a los sabios consejos de Kareem y del Consejo de Ancianos. Pero, a pesar de ello, seguía sin saber por qué se había prestado a que lo coronaran.

Y solo encontraba una explicación: su sentido del deber.

Mientras lo pensaba, llamaron a la puerta. Era Kareem, que se acercó a él con los criados que llevaban su traje de gala.

—Es hora de prepararse —dijo.

Ya se había vestido, y estaba dando sus últimas bocanadas de aire como hombre libre, cuando volvieron a llamar a la puerta. Pero esta vez no era la puerta del corredor, sino la que comunicaba con la suite contigua. Y no se trataba del anciano visir, sino de la tentadora mujer que dormía al otro lado.

—Adelante...

Tora entró y, durante unos segundos, Rashid se olvidó de sus problemas, de sus responsabilidades y hasta de su temblor de manos.

Estaba verdaderamente bella. Llevaba una túnica

de color dorado, con bordados como los de su traje de gala, y una toquilla de seda que enmarcaba su deliciosa cara y flotaba como una nube a su alrededor.

Parecía salida de una fantasía medieval.

De una fantasía muy sexy.

–¿Rashid?

–¿Sí?

–Solo quería desearte suerte antes de que empiece esta locura.

Rashid asintió en silencio. No tenía fuerzas ni para hablar y, por si eso fuera poco, el cariñoso gesto de su esposa lo había emocionado tanto que estaba a punto de perder el aplomo. Pero no quería que Tora lo notara, así que se levantó de la silla y caminó hasta el balcón, dándole la espalda.

Era una gran mujer. Se había casado con ella por conveniencia, porque era el único modo de conseguir la tutela de su hermanastra. Sin embargo, Victoria Burgess había resultado ser mucho más que una simple conveniencia. Era inteligente y comprensiva. Sabía escuchar, y dar consejos tan razonables como el que le había dado sobre los palacios de Malik. Sabía entender. Y ponerse en el lugar del otro.

Pero se iba a marchar.

Y, de repente, la idea de perderla le pareció enormemente más angustiosa que la perspectiva de asistir a su propia coronación.

Tora nunca había visto a un hombre tan guapo. El traje de gala de Rashid consistía en una túnica blanca, de bordes dorados, y un turbante negro que sustituirían por una corona cuando ascendiera al trono. No era una indumentaria que estuviera acostumbrada a ver, pero le quedaba incluso mejor que las chaquetas y los pantalones de vestir.

Estaba magnífico. Tan alto y de hombros tan anchos como siempre. Tan moreno como de costumbre. Y más interesante que nunca, porque las prendas tradicionales de Qajaran le daban un aire absolutamente regio, como si hubiera nacido para ese día.

Sin embargo, Tora no se dejó engañar por las apariencias. Se había dado cuenta de que le temblaban las manos, y sintió angustia por él.

—No tengas miedo —dijo con suavidad.

—¿Cómo?

—Que no tengas miedo —repitió.

—¿Crees que estoy asustado?

Rashid lo preguntó con arrogancia, como desestimando una idea absurda. Pero su voz sonó tan carente de convicción que traicionó sus verdaderos sentimientos.

—Eres fuerte, y serás un gran emir. Eres un hombre justo, inteligente y bueno. Y quieres lo mejor para los ciudadanos de Qajaran. De hecho, tienen suerte de contar contigo...

Él respiró hondo.

—Yo no quería esto, Tora.

—Lo sé. Pero tu padre...

—¿Mi padre? Dios mío... ¿Por qué he permitido que me arrastraran a esta locura? Voy a ser responsable de la vida y el bienestar de millones de personas.

—Puedes hacerlo, Rashid —declaró con firmeza—. No estarías aquí si no te creyeras capaz. Y todos los que te conocemos te creemos capaz.

—¿Cómo puedes decir eso? Apenas me conoces...

–Pero he visto lo duro que trabajas. Una persona más débil habría salido corriendo a la primera de cambio. Y un ambicioso no dudaría de sí mismo, porque solo querría el poder –observó–. Pero tú no eres ninguna de esas cosas. Puedes hacerlo. Lo vas a hacer. Y estoy segura de que serás un gran emir.

Kareem los interrumpió entonces.

–Nos tenemos que ir...

Era agotador, pero también apasionante.

Tora estaba sentada con Rashid en una gigantesca jaima que habían instalado el día anterior. Habían desayunado con políticos nacionales y extranjeros, y ahora era el momento de saludar a los ciudadanos que querían conocer a su futuro emir, quien sería coronado más tarde en el viejo palacio.

El ambiente no podía ser más festivo. Había músicos y bailarines. La gente hablaba y reía mientras disfrutaba de la comida, que habían servido en unas mesas increíblemente largas; de hecho, Tora no recordaba haber visto unas mesas tan largas en toda su vida. Y aunque era consciente de que su matrimonio era temporal, y de que pronto se divorciaría y volvería a Australia, estaba encantada de formar parte de aquello.

La suerte había querido que, durante un tiempo, fuera la esposa de un rey. Formalmente, una reina. Y estaba decidida a hacer un gran trabajo, aunque se sentía como si tuviera el estómago lleno de mariposas.

Pero sus sentimientos carecían de importancia. Era el día de Rashid, el día de la coronación. Una experiencia indiscutiblemente única.

Al cabo de un rato, una jovencita se levantó de su asiento, caminó hacia el estrado donde estaban y se detuvo. Kareem se inclinó sobre Tora y susurró:

–Trae flores para la nueva reina.

–¿Para mí? –dijo, sorprendida.

–Así es.

Tora hizo un gesto a la joven, que se acercó, le dio un ramo de flores y pronunció unas palabras en el idioma de Qajaran.

–¿Qué ha dicho? –preguntó a Kareem

–Que tengas muchos hijos.

–Ah...

Tora le dio las gracias, sumida en un repentino sentimiento de culpabilidad. Hasta entonces, había sido una simple observadora; pero el gesto de la joven la convertía en participante, y eso cambiaba las cosas.

Durante los minutos siguientes, llegaron más ramos y más deseos relacionados con su futura e hipotética prole. Su mesa empezaba a estar abarrotada de flores, y Tora no dejaba de sonreír y saludar a todos los que se acercaban, tanto si eran adultos como si eran niños.

En determinado momento, se giró hacia Rashid y se llevó una sorpresa inesperada. La estaba mirando, lo cual no tenía nada de particular. Pero no la miraba de cualquier manera, sino con algo que se parecía increíblemente al respeto.

Y lo era.

Rashid la había estado observando desde el principio. Aquello era tan extraño para Tora como para él, pero se comportaba como si tuviera un don natural. Estaba tranquila, serena y tan arrebatadoramente hermosa que el corazón se le encogía cada vez que la

miraba. Cualquiera habría dicho que había nacido
para ese día. Y, como tantas veces, se alegró de haberse casado con ella.

Horas después, cuando subió al trono del viejo
palacio y bajó la cabeza para que Kareem le quitara el
turbante y le pusiera la corona, Rashid se acordó de
las palabras que Tora le había dicho esa misma mañana: *Eres fuerte, y serás un gran emir.*

Tras los aplausos y vítores posteriores, que recibió
con inmenso alivio, se giró hacia ella y se emocionó.
Sus ojos estaban llenos de lágrimas.

Rashid quiso acercarse y darle las gracias por todo
lo que había hecho. Pero, desgraciadamente, tendría
que esperar. Aún faltaba la cena, la fiesta posterior, las
salvas de artillería y los fuegos artificiales que iban a
iluminar los cielos de la ciudad de Qajaran y de todas
las localidades del país.

Los festejos terminaron después de medianoche.
Atiyah, que se había quedado con Yousra, llevaba
varias horas en la cuna cuando el nuevo rey de Qajaran acompañó a la nueva reina a sus habitaciones.

Tora no quería estar triste, pero lo estaba. La ceremonia había concluido y, con ella, también terminaba
su papel. Dentro de poco, volvería a Sídney, se pon-
dría su antigua ropa de trabajo y retomaría su vida
anterior, sin palacios, sin túnicas de seda, sin románticos pabellones y, por supuesto, sin Rashid.

–Gracias por haberme acompañado.

Rashid sacudió la cabeza.

–Soy yo quien debo darte las gracias. Lo que me
dijiste esta mañana...

–Me limité a decirte la verdad. Solo necesitabas oírla.

Él le tomó la mano y se la besó.

–Eres una mujer excepcional, Tora.

–No, en absoluto.

–Sí que lo eres. Has sido la estrella de la velada, y has estado tan encantadora con los poderosos como con la gente corriente. Sé que no querías casarte conmigo, pero me alegro enormemente de que estés a mi lado.

–El nuestro es un matrimonio de conveniencia, Rashid –le recordó–. Ninguno de los dos queríamos casarnos. Y, por otra parte, yo obtuve lo que quería... el dinero que necesitaba para ayudar a unos amigos.

–Eso es muy poco en comparación con lo que has hecho. Estoy en deuda contigo, Tora. No sé cómo te lo podré pagar.

Tora lo miró a los ojos y supo que, si ella no tomaba la iniciativa, él no daría el siguiente paso. Así que se armó de valor y dijo:

–Se me ocurre una forma...

–¿Cuál? –preguntó él.

–Que te acuestes conmigo.

Capítulo 13

RASHID la besó y la llevó a su dormitorio, donde se despojaron de la ropa sin prisa alguna, desnudándose el uno al otro con la delicadeza de quien abre un regalo. Y, mientras se desnudaban, él iba acariciando cada centímetro de su cuerpo, desde sus pechos hasta sus piernas, pasando por las manos y los pies que las criadas le habían pintado aquel día con dibujos de jena.

Hicieron el amor hasta bien entrada la madrugada. Rashid se entregó por completo, al igual que ella. Y, en algún momento de aquella noche interminable, mientras alcanzaba un nuevo orgasmo, Tora se dio cuenta de que se había enamorado.

–Te quiero –susurró, paladeando las palabras.

Rashid la besó otra vez y la abrazó con ternura. Tora cerró los ojos y se apretó contra él, con una sonrisa en los labios.

Un minuto después, se habían quedado dormidos.

Pero, para ella, fue un sueño corto. Poco antes del alba, oyó lo que parecía ser un gemido y se despertó. Era Atiyah, que estaba llorando.

Tora consideró la posibilidad de dejar el asunto en manos de Yousra. Sin embargo, tuvo miedo de que la niñera despertara a Rashid, así que se levantó con mucho cuidado, se puso una bata y se dirigió a la habitación donde estaba la pequeña.

–¿Qué te pasa, preciosa?

Tora la sacó de la cuna, la apretó contra su pecho y le empezó a cantar la nana persa. Al cabo de un rato, Atiyah dejó de llorar y se volvió a dormir.

–¿Dónde aprendiste esa canción?

Tora se sobresaltó al oír de la voz de su esposo.

–Ah, estás despierto...

–¿Dónde la aprendiste? –insistió él.

–En una guardería donde trabajé una temporada. Teníamos niños de muchos países distintos, así que aprendimos nanas en sus idiomas, aunque ni siquiera entendíamos las letras.

–¿Sabías que es persa?

Ella lo miró.

–No, solo sabía que era de Oriente Próximo. ¿Por qué lo preguntas?

–Porque ya la había oído antes –respondió–. Por lo visto, mi madre me la solía cantar. Y también mi padre, según dice Kareem... Yo no me acordaba hasta que se la cantaste a mi hermana en el avión.

Tora dio un beso al bebé y lo acostó en la cuna.

–Tu padre te debía de querer mucho.

–¿Por qué dices eso?

–Porque te confió a Atiyah, por supuesto. He leído en alguna parte que su nombre significa «regalo». Y lo es –afirmó Tora–. Sé que te dejó demasiadas preguntas sin respuesta, pero también te dejó a su hija. Tenía que quererte mucho para hacer algo así.

Rashid guardó silencio.

–Anda, ven conmigo –continuó ella.

Mientras volvían al dormitorio, él la miró y dijo:

–Es extraño. Me siento como si te conociera desde siempre, pero no sé casi nada de ti.

Tora se encogió de hombros.

–Bueno, no hay mucho que decir. Crecí en Sídney y, como ya sabes, me puse a trabajar con Sally y su esposo cuando fundaron Flight Nanny. Es una historia muy corta.

–Seguro que no lo es tanto –afirmó él–. Venga, cuéntame algo más... ¿Tienes alguna mascota? ¿Cuál es tu color favorito?

–No, no tengo ninguna mascota, aunque me encantan. Y mi color preferido es el naranja –contestó.

–¿Y tu familia? Dijiste que tus padres habían fallecido en un accidente, pero no me dijiste cómo...

–Murieron en un planeador. Mi padre pilotaba cuando chocaron con otro aparato y perdieron un ala. Si hubieran estado a gran altura, se podrían haber lanzado en paracaídas... pero volaban demasiado bajo, y no tuvieron tiempo de saltar.

Él la tumbó en la cama, la tomó entre sus brazos y le dio un beso en la frente.

–Debió de ser muy duro para ti.

–Lo fue, y hay días que lo sigue siendo. Pero intento consolarme con el hecho de que estuvieran conmigo tantos años. Hay gente que no tiene tanta suerte... Y, aunque suene a cliché, me siento algo mejor cuando pienso que se mataron haciendo lo que más les gustaba. Papá decía que no había nada más bonito ni más liberador que volar.

–¿Y no tienes más familia?

–Unos cuantos primos a los que no veo casi nunca. Aunque tenía bastante relación con uno de ellos.

–¿Tenías? ¿Por qué lo dices en pasado?

–Porque no se puede decir que Matt me haya tratado muy bien. Me la jugó en un asunto importante, y no lo voy a olvidar –dijo–. Supongo que Sally es lo más parecido que tengo a una familia.

–Yo también estaría solo si no fuera por mis amigos. Los quiero tanto como si fuéramos hermanos.

Tora se apartó un poco de él, como si la conversación le incomodara.

–¿Te importa que hablemos de otra cosa?

Él la miró con humor.

–¿Hablar? Sinceramente, creo que deberíamos dejar de hablar y empezar a hacer...

Tora sonrió con sensualidad y dijo:

–Me gusta tu forma de pensar.

–Y a mí me gustas tú.

Rashid se la puso a horcajadas y le dio un preservativo. Ella lo abrió y lo desenvolvió lentamente sobre su sexo. Pero, antes de que terminara, él cerró la mano sobre uno de sus senos y llevó la otra a su entrepierna, que empezó a acariciar.

–Así no hay quien se concentre... –protestó.

–Mejor.

Rashid la penetró segundos después, y Tora se quedó arriba como una gata, con la espalda arqueada, toda curvas y piel suave.

–Oh, sí... –dijo ella, soltando un suspiro–. Ahora sí que me voy a concentrar.

Tras hacer el amor, se tumbaron para recuperar el aliento. Y aún jadeaban un poco cuando él le apartó un mechón de la cara y dijo:

–Quédate en Qajaran. No hay necesidad de que vuelvas tan pronto.

–Si lo dices por Atiyah, no te preocupes. Se está acostumbrando a Yousra, y solo tienes que contratar a otra persona para que la ayude.

–No, no lo decía por Atiyah. Lo decía por mí.

A Tora se le encogió el corazón. ¿Sería posible que Rashid sintiera algo por ella? ¿Que aquella locura de matrimonio terminara como en los cuentos, con un final feliz?

–Tengo un trabajo, Rashid...

–Bueno, no espero que lo abandones todo y te quedes aquí sin recibir algo a cambio.

–No es un problema de dinero –afirmó.

–Quizá... pero el dinero facilita mucho las cosas.

Ella se acordó de lo que había costado el tratamiento de Steve y pensó que estaba en lo cierto.

–Sí, supongo que sí.

Rashid le dio un beso en la frente.

–Ya se nos ocurrirá algo.

–Aún no he dicho que me vaya a quedar...

–Pero tampoco has dicho lo contrario.

Rashid se fue con una sonrisa en los labios, pensando que el mundo era perfecto. Al principio, dudaba de todo; no se creía capaz de ser emir, y no sabía si estaba haciendo lo correcto. Pero había decidido quedarse y, en gran parte, se lo debía a Tora. Ella lo había convencido de que era la persona adecuada para dirigir el país.

Y no quería que se fuera. La quería a su lado. La necesitaba a su lado.

Era la primera vez en su vida que necesitaba a alguien. Había crecido sin familia, y se había acostumbrado a hacer las cosas por su cuenta, sin más compañía que la de sus queridos amigos. Pero Tora lo había cambiado todo. Aquella mujer preciosa, que se había quedado en la cama con el pelo revuelto y completamente desnuda, lo había cambiado todo.

Rashid sonrió de nuevo mientras caminaba hacia su primera cita matinal. Para la mayoría de la gente, era día de descanso; pero ni el emir ni el gran visir de Qajaran se podían permitir ese lujo. Había demasiadas cosas que hacer. Y, cuando terminara de trabajar, tendría que despedirse de Bahir, Kadar y sus respectivas familias, que se marchaban juntos a Estambul. En cuanto a Zoltan, se iba a ir a última hora de la tarde, tras asistir con él a una reunión.

Sus pensamientos volvieron a Tora y a la forma de conseguir que se quedara. Todo el mundo lo quería. La gente la adoraba, al igual que sus amigos y sus mujeres. Y él lo deseaba más que nadie.

¿Sería posible que se hubiera enamorado de ella?

Sacudió la cabeza y se dijo que no podía ser. No buscaba el amor. No esperaba encontrarlo. Pero quizá lo había encontrado sin darse cuenta.

Aún no había salido de su asombro cuando entró en el despacho y vio a Kareem, que había llegado.

—Bueno, ¿qué hay que hacer hoy? —preguntó con humor.

El gran visir no estaba tan contento como él. De hecho, parecía más preocupado y más cansado que nunca, como si hubiera envejecido varios años de repente.

—Me temo que soy portador de malas noticias...

Rashid frunció el ceño.

—¿Qué ocurre?

—Ayer interceptamos un mensaje enviado desde palacio. No te lo quise comentar porque era el día de la ceremonia y ya tenías bastantes preocupaciones... Es de tu esposa. Dirigido a un primo suyo, un tal Matthew Burgess.

Rashid se acordó de la conversación que había mantenido con ella y de lo que le había dicho sobre su primo Matt.

—¿Estás seguro de eso?

—Completamente.

Rashid suspiró.

—¿Y te parece apropiado que lea la correspondencia privada de mi mujer?

—En este caso, creo que deberías.

Kareem le ofreció una copia en papel del mensaje de Tora. Rashid se la arrebató de las manos y empezó a leer.

Querido Matt:

No te preocupes por los doscientos cincuenta mil dólares. Ahora mismo, eso es calderilla para mí. Y, en cuanto al dinero que me pides, ni siquiera es necesario que hipoteque mi casa... Se podría decir que me ha tocado la lotería. He dado con un hombre rico que, además, pertenece a la aristocracia de un país de Oriente Medio.

Es fantástico, ¿verdad? ¡A mí también se me iluminaron los ojos con el símbolo del dólar, como si fuera una máquina tragaperras! Y estoy segura de que te podré enviar medio millón en un par de días.

*No dejes de mirar la cuenta bancaria. Te vas a
llevar una sorpresa.*

Tu prima,
Victoria
PS: Sí, la sangre es más densa que el agua.

Rashid se quedó helado. Fue como si algo hubiera
estallado en su interior, destrozando su confianza en ella.

—Como ves, era importante que lo leyeras —dijo
Kareem.

Él sacudió la cabeza.

—No, no es posible... Tiene que ser algún tipo de
broma...

—Me gustaría que lo fuera, pero hemos descubierto
algo más. Matthew Burgess es un presunto delincuente.
Las autoridades de su país lo están investigando por
apropiación indebida.

—Entonces, será un malentendido. Si Burgess es el
primo del que Tora me habló, ni siquiera le dirigiría la
palabra.

Kareem lo miró con tristeza.

—Ojalá fuera así —dijo—. Sin embargo, nuestros in-
vestigadores han descubierto otra cosa. La cuenta
bancaria de la supuesta apropiación indebida es la
cuenta que tu esposa nos dio para que le transfiriéra-
mos el dinero. Y nos consta que llamó varias veces al
despacho de su primo, que está en Sídney, antes de
viajar a Qajaran.

Rashid se llevó las manos a la cabeza. Se sentía
engañado, traicionado y más solo que nunca. Aparentemente, Tora había jugado con él y se había ganado
su confianza para estafarlo y hacerse rica a su costa.

Pero no le iba a salir bien.

–En cuanto mis amigos se hayan marchado, quiero que saques a Atiyah de la suite de mi esposa y pongas un guardia en su puerta. A partir de ahora, está bajo arresto domiciliario.

Kareem inclinó la cabeza.

–Así se hará –dijo–. Pero no sabes cuánto lo siento.

–¿Por qué lo sientes?

–Porque fui yo quien te forzó a casarte para que adoptaras a tu hermana.

–Por Dios, Kareem... No es culpa tuya. Tu no me dijiste que me casara con Tora. Debí esperar a que me encontraras una esposa mejor.

–No se qué decir. Yo mismo empezaba a creer que sería una gran reina.

Rashid apretó los dientes. Él también lo había empezado a creer. Pero, por lo visto, se había dejado engañar como un tonto.

Capítulo 14

EL DÍA había amanecido húmedo y pesado. Hacía tanto calor que la ropa se pegaba al cuerpo, y Tora y Aisha se quedaron en el fresco interior de palacio hasta el final de la tarde, cuando la temperatura empezó a bajar.

Marina y Amber se habían marchado horas antes, pero la esposa de Zoltan tenía que esperar a que su marido saliera de una reunión, así que se sentaron junto a la piscina y pidieron que les sirvieran un té. Atiyah estaba durmiendo en una cunita que Tora mecía suavemente de cuando en cuando, mientras Jalil y Kadija, los gemelos de Aisha, jugaban en el jardín.

—Tus hijos son muy guapos... —dijo Tora en determinado momento.

Aisha sonrió.

—Hablando de niños, tengo una noticia que darte. Zoltan está tan ocupado que aún no se lo he podido decir, pero me he quedado embarazada otra vez.

—Vaya, es una gran noticia. Felicidades.

—Gracias, Tora. Mi marido quería tener más hijos, pero no lo conseguíamos. Y sé que se estaba empezando a preocupar, porque me quedé embarazada tan deprisa de Jalil y Kadija que se convenció de que era lo más fácil del mundo.

—Y no lo es.

—No, ni mucho menos. Pero se va a llevar una alegría cuando lo sepa —dijo, radiante de felicidad.

–Se nota que os queréis mucho...

Aisha la miró con picardía.

–Bueno, al principio no nos queríamos tanto.

–¿En serio? Hacéis una pareja perfecta. Sinceramente, pensaba que lo vuestro había sido amor a primera vista.

Aisha soltó una carcajada.

–Tiene gracia que digas eso, porque la primera vez que lo vi, le pegué un mordisco en la mano. Aunque debo añadir en mi defensa que Zoltan llevaba una máscara, así que no vi lo guapo que era...

–¿Le mordiste?

–Sí, y eso no es todo. La segunda vez, le clavé las uñas en la cara... Fue inmediatamente después de que me dijera que nos íbamos a casar. Contra mi voluntad, eso sí.

–¿Te obligaron a casarte con él? –preguntó Tora, asombrada.

–No tuve elección. Mi padre afirmó que, si no me casaba con Zoltan, la seguridad de nuestros dos países se vería comprometida.

–Así que te casaste...

–En efecto. Y la noche de bodas, me negué a acostarme con él.

Tora rio.

–¿De verdad?

Aisha se encogió de hombros.

–Era la mejor forma de demostrarle mi indignación. Además, apenas lo conocía...

–¿Y qué pasó luego?

–Luego, me demostró que era un gran hombre. Y me enamoré de él.

Tora sacudió la cabeza.

–Jamás lo habría imaginado.

–Pues no creas que el mío es el único caso. Marina

y Amber también lo pasaron mal hasta encontrar el amor... Zoltan, Bahir, Kadar y Rashid son hombres muy particulares, rebeldes que se hicieron a sí mismos y que tienen un alto sentido del deber. El amor no es algo que entre en sus planes. Pero, cuando se enamoran, aman de verdad –dijo Aisha–. Estoy segura de que Rashid será un gran marido.

Tora suspiró.

–No, mi caso es diferente... El nuestro es un matrimonio de conveniencia. Supongo que, cuando me divorcie de él, se casará con alguna mujer de la aristocracia de Qajaran.

Aisha sacudió la cabeza.

–No lo creo. Os vi durante la coronación, y Rashid no dejó de mirarte en ningún momento. Dudo que te deje escapar.

–Ahora que lo dices, anoche me pidió que me quedara...

–¿Lo ves? Ya está pasando. Dentro de poco, no podrá vivir sin ti –declaró–. ¿Estás enamorada de él?

–No lo sé –dijo con inseguridad–. ¿Cómo se sabe si estás enamorada?

–Tu corazón lo sabe siempre, aunque no lo sepas. Pero hay síntomas inequívocos... por ejemplo, que no te imagines sin él. Y que te sientas absolutamente completa cuando te hace el amor.

Tora guardó silencio.

–¿Tienes esos síntomas? –insistió Aisha.

–Sí, eso me temo.

–Pues ya sabes lo que pasa...

–Que me he enamorado de él.

Justo entonces, oyeron la voz de Zoltan.

–Ah, así que estabais aquí...

Tora miró al marido de Aisha, que llegaba en compañía de Rashid.

–¿Has tenido un buen día? –preguntó Zoltan a su mujer.

–Sí, mucho. Y tú también lo tendrás cuando sepas lo que yo sé... –respondió Aisha, lanzando una mirada de complicidad a Tora.

Minutos más tarde, Zoltan y Aisha se despidieron de ellos y se marcharon. Entonces, Tora quiso sacar a la niña de la cuna y llevarla a su habitación, pero Rashid se interpuso en su camino y dijo con frialdad:

–No, déjala. Ya me la llevo yo. A fin de cuentas, es mi hermana.

Tora se quedó tan sola como extrañada por el comportamiento de su esposo. Era evidente que había pasado algo, y no precisamente bueno. Pero ¿qué podía ser? No había hecho nada. Nada salvo decirle que lo quería.

Volvió a la suite, se sentó en el sofá y comprobó los mensajes del móvil. Había uno de Matt, pero supuso que habría escrito para preguntar por el dinero y no le prestó atención. En cambio, leyó ávidamente el de Sally. Y su lectura la dejó tan hundida que sintió la irrefrenable necesidad de hablar con alguien, de compartir su tristeza.

Por lo visto, Steve estaba muy mal.

Desesperada, corrió hacia la puerta y la abrió de par en par. Pero se encontró ante dos guardias que le cerraron el paso.

–¿Qué están haciendo aquí? –preguntó.

–Órdenes del emir –contestó uno de ellos–. A partir de ahora, no podrá salir de sus habitaciones. Es usted prisionera del reino de Qajaran.

Capítulo 15

TORA no tardó en comprobar que también había guardias en la terraza y tras la puerta que daba a la suite de su esposo. Pero ¿por qué? ¿Qué había hecho para que la trataran de esa forma? No entendía nada. Solo sabía que el hombre al que amaba había ordenado que le impidieran salir de la suite.

–¡Quiero ver a Rashid! –gritó a uno de los guardias.

No hubo respuesta.

–¡Exijo ver a Rashid! –repitió, con lágrimas en los ojos.

No le hicieron caso, y su dolor se fue convirtiendo poco a poco en una furia intensa. Por lo visto, Rashid también les había ordenado que no hablaran con ella. Quería que se quedara allí y esperara, sin más.

Y esperó.

Esperó un buen rato, hasta que una de las puertas se abrió y dio paso a su marido, que le lanzó una mirada cargada de frialdad y recriminación. Sin embargo, Tora ya no estaba llorando. Durante la espera, se había rebelado contra su propia angustia y se había preparado para enfrentarse con él.

–¿Qué diablos está pasando aquí? ¿Por qué estoy presa?

Rashid caminó hacia ella y dijo con ironía:

–¿Es que no te gustan tus habitaciones? Tienes espacio e intimidad de sobra... No creo que se pueda pedir más. Pero, si no te parecen bien, me encargaré de que te lleven a alguna de las celdas de los sótanos de palacio.

Tora alzó la barbilla, sin dejarse intimidar.

–¿A qué viene esto? ¿Qué he hecho para merecer semejante trato?

–Te dije que tuvieras cuidado con las conexiones de Internet...

Ella lo miró en silencio, confundida.

–Te lo advertí, pero no me escuchaste –continuó él.

–¿De qué estás hablando?

–De tus ojos que se iluminan con el símbolo del dólar, como una máquina tragaperras –contestó, citando el mensaje que le había escrito a Matt.

Tora se quedó atónita.

–¿Ahora lees mi correo? ¿Cómo te atreves? Es privado...

–Te lo advertí –repitió Rashid–. Todas las comunicaciones de palacio están intervenidas. Lo están siempre, por motivos de seguridad. ¿Creías que tu mensajito pasaría desapercibido? ¿Que nadie se enteraría de tus tratos con un individuo del que, según me dijiste, no quieres saber nada?

–Y no quiero saber nada.

–Pues es extraño, teniendo en cuenta que le diste doscientos cincuenta mil dólares y que ahora le vas a dar medio millón.

–¿Cómo? Yo no le di ese dinero a...

–¿A un hombre que está investigado por apropiación indebida? –la interrumpió.

–¿Apropiación indebida? –preguntó ella, más confusa que nunca–. No sabía nada al respecto... Matt se encargaba de llevar los negocios de mis padres y, cuando murieron, gestionó la venta de su propiedad. Pero yo no le di nada. Mi primo me estafó.

–¿Ah, sí? ¿Y vas a dar medio millón a un hombre que te estafó?

–No, lo has entendido mal... –dijo ella, sacudiendo la cabeza–. Matt se quedó con el dinero de la venta de la propiedad de mis padres. Me robó doscientos cincuenta mil dólares. Y, hace unos días, cuando me escribió para pedirme dinero, decidí darle una lección. Le hice creer que tenía acceso a una fortuna y que estaba dispuesta a compartirla. Pero era una simple tomadura de pelo.

–Oh, vamos... Doscientos cincuenta mil dólares es la suma exacta que me pediste a mí. Y la suma exacta que conseguiste. No puede ser casualidad.

–¡Claro que no! ¡Es exactamente el dinero que me estafó! El que yo necesitaba con urgencia...

–¿Y por qué lo necesitabas con urgencia?

–Porque el marido de Sally tiene cáncer, y su única esperanza es una clínica alemana cuyos servicios no son precisamente baratos. Yo les había prometido ese dinero. Ya habían hipotecado su casa, y no tenían nada más –dijo, con lágrimas en los ojos–. ¡Para eso quería tus preciosos doscientos cincuenta mil dólares! ¡Para ayudar a un amigo que ahora mismo se debate entre la vida y la muerte!

La reacción de Rashid fue tan inesperada como dolorosa para Tora. Soltó una carcajada y se puso a aplaudir.

–¡Bravo! ¡Qué gran interpretación! Deberían darte

un Oscar... Pero tus lágrimas no me van a engañar. Has estado jugando conmigo desde el principio. Me hiciste creer que eras especial, y soy tan tonto que me llegué a convencer de que nuestro matrimonio podía tener futuro. Incluso pensé que... Bueno, eso ya no importa –dijo con amargura–. Te quedarás aquí, en tus habitaciones, hasta que llegue el momento de devolverte a Australia.

–No, Rashid... Te ruego que...

–¿Qué? –preguntó, tajante.

–Hay algo que debes saber. Algo que debes creer.

–¿De qué se trata?

Ella se pasó la lengua por los labios, nerviosa.

–Yo no sería capaz de traicionarte. No sería capaz de hacer ninguna de las cosas que piensas. Y no lo sería porque... estoy enamorada de ti –le confesó.

Él sacudió la cabeza, la miró con sorna y dijo:

–Buen intento.

Rashid no le concedió ni un minuto más. Dio media vuelta y se fue, dejándola sumida en la más profunda de las desesperaciones.

Rashid no le había creído ni una palabra. Y, aunque hubiera creído que estaba enamorada de él, no habría cambiado nada. Desde su punto de vista, el comportamiento de Tora era injustificable en cualquier caso.

Cuando llegó a sus habitaciones, se encontró con un problema nuevo, que no esperaba. Atiyah estaba llorando a grito pelado.

–No deja de llorar –dijo Yousra–. Quiere estar con Tora.

–Dámela a mí.

Rashid la tomó entre sus brazos e intentó recordar las lecciones de su esposa.

–Cálmate –dijo, mientras la mecía–. Cálmate...

Lo probó todo. Caminó con ella y le dedicó palabras dulces, sin éxito. Y, cuando ya estaba a punto de rendirse, se acordó de la nana y le empezó a cantar.

Sorprendentemente, la niña se tranquilizó.

–¿Se ha quedado dormida? –preguntó Yousra con asombro.

Rashid sacudió la cabeza y clavó la vista en los ojos de su hermanita, que lo miraban con intensidad, como si lo reconociera. Pero siguió cantando hasta el final de la canción. Y entonces, pasó algo inesperado: Atiyah le dedicó una sonrisa.

Fue una especie de revelación. Rashid supo en ese instante que su vida había cambiado para siempre. Lo supo porque sintió la misma emoción que le embargaba cuando Tora le sonreía, cuando alcanzaba un orgasmo entre sus brazos o cuando lo miraba con orgullo, como en el día de la coronación. Y también supo que Tora había dicho la verdad al afirmarse incapaz de traicionarlo.

Lo había apoyado desde el principio. Había estado constantemente a su lado, y había conseguido que su deber con Qajaran resultara más admisible, más llevadero, menos difícil. Se había hecho indispensable para él. Se había ganado su corazón.

¿Y cómo se lo pagaba? Encerrándola en sus habitaciones.

De repente, tuvo la inquietante sensación de que se había equivocado por completo. Y, al recordar la historia de su amigo Steve, se le ocurrió que había una forma muy sencilla de comprobar su veracidad. Solo tenía que mirar sus mensajes anteriores.

–Yousra –dijo, sin dejar de mecer a la niña–, ¿podrías ir a buscar a Kareem?

Una hora después, Rashid tenía lo que necesitaba: un montón de copias de los mensajes de su mujer.

–Son completamente inocuos –le dijo Kareem–. No hay ninguna mención a ninguna cantidad de dinero.

A Rashid se le hizo un nudo en la garganta. Tora no lo había traicionado. Le había dicho la verdad.

Pero ¿sería capaz de perdonarlo?

Capítulo 16

TORA se levantó de la cama cuando oyó que la puerta se abría. Pensó que sería Rashid, y ardía en deseos de decirle lo que pensaba de él. Pero no era Rashid, sino dos criadas jóvenes que, para su desconcierto, se empeñaron en lavarla, peinarla y vestirla a continuación.

Cuando ya habían terminado, uno de los guardias entró en la suite y dijo:

—Acompáñeme, por favor.

—¿Adónde? –preguntó ella.

El guardia no respondió. Se limitó a dar media vuelta y abrir camino. Y Tora no tuvo más remedio que seguirlo.

Momentos más tarde, se encontró en el vado de palacio, delante de un coche y de Kareem, que le dedicó una reverencia.

—Siento mucho lo que ha pasado –dijo el visir–. Ha sido culpa mía.

—No te preocupes, Kareem... Ya no tiene importancia. Pero ¿qué está pasando?

—Que te vas.

—¿Que me voy? –preguntó, perpleja–. ¿Ahora?

—Sí, ahora. Su excelencia ha insistido.

—¿Y dónde está Rashid?

–En el avión, esperando. Pensó que te sentirías más cómoda si ibas al aeropuerto sin él.

Tora pensó que Rashid era un cobarde. Ni siquiera se había atrevido a acompañarla en persona. Pero se lo calló y, tras respirar hondo, dijo:

–Está bien. Vámonos.

El trayecto hasta el aeropuerto se le hizo interminable. Tora sabía que más tarde o más temprano volvería a Australia, pero jamás habría imaginado que sería en semejantes circunstancias. Aunque, por otra parte, era la mejor solución. Su esposo se habría dado cuenta de que no la podía tener mucho tiempo bajo arresto domiciliario, así que había optado por liberarla y sacarla del país.

Al llegar a su destino, Kareem le abrió la portezuela del coche y la ayudó a salir. Rashid estaba esperando al pie de la escalerilla, ante la que habían extendido una alfombra roja. Tora lo miró y se preguntó si sería capaz de perdonarlo por lo que había hecho. Él la miró y pensó que estaba más guapa que nunca.

–Tora, yo...

–¿Qué estás haciendo, Rashid? ¿Deportarme para que no te robe la vajilla? –bramó–. ¿Sacarme en mitad de la noche para asegurarte de que no huya con ninguno de los grandes tesoros de Qajaran?

A Rashid no le extrañó su comportamiento. Era consciente de estar recibiendo lo que se merecía. Tora le había dicho que estaba enamorada de él, y él había reaccionado con desprecio. Se había comportado como un canalla.

–Me equivoqué –acertó a decir–. Me equivoqué

tanto y en tantos sentidos que no hay palabras suficientes para expresar mi vergüenza. Además, ¿qué
disculpa cabría? Te he hecho mucho daño, y no sabes
cuánto lo siento.

Ella apretó los labios.

—Sí, bueno... las cosas son como son, ¿no? —dijo—.
¿Cuándo tendré los papeles del divorcio?

—Ya se ha empezado a tramitar —le informó Rashid—. Te enviaré los documentos cuando el proceso
haya finalizado.

Tora asintió y preguntó, cambiando completamente de conversación:

—¿Qué pasará con Atiyah?

—No te preocupes por ella. Estará bien. Hoy me ha
sonreído.

—¿En serio? —Tora estuvo a punto de sonreír también, pero se acordó de lo que estaba pasando y volvió a su actitud anterior—. Me alegro por ti... Y ahora,
si no te importa, me gustaría volver a Sídney.

Rashid dio un paso hacia ella y preguntó:

—¿Lo dijiste en serio? ¿Es verdad que me querías?

—Sí, lo dije en serio. Pero luego me encerraste y te
odié con toda mi alma...

—¿Y ahora? ¿Me sigues odiando?

Ella suspiró.

—No. Solo estoy triste por lo que podría haber pasado y no pasó.

Rashid supo en ese momento que no podía dejar
que se marchara sin decirle su propia verdad.

—Sé que es tarde para eso, pero quiero que sepas
que tus sentimientos son recíprocos. Yo también me
he enamorado de ti —le confesó.

Tora tragó saliva.

–¿Llamas amor a desconfiar de la persona que amas? ¿Llamas amor a tratarla como si fuera una delincuente? Porque, si es así, nuestros conceptos del amor no pueden ser más distintos –replicó ella.

–Lo siento mucho, Tora. No podía creer que me estuvieras diciendo la verdad. Cuando me informaron sobre el mensaje que habías enviado a tu primo, me sentí como cuando supe que mi padre no había muerto hace treinta años. Pero fue aún más doloroso. Incomparablemente más doloroso.

Ella lo miró con intensidad.

–Mi primo me robó todo el dinero que tenía. El dinero de la propiedad de mis padres, el que le había prometido a Sally y Steve –dijo–. ¿Por qué crees que estaba tan enfadada aquella noche, cuando nos conocimos?

–Lo siento –insistió él–. He sido un estúpido... No sé qué hacer para que me perdones.

–Nada, Rashid. No puedes hacer nada.

Tora le dio la espalda y subió al avión a toda prisa. Tenía que marcharse de allí. Tenía que alejarse del hombre que le había partido el corazón en mil pedazos. Mientras aún le quedara un ápice de dignidad.

Tora supo que algo andaba mal cuando una azafata se acercó a ella y le informó de que estaban a punto de aterrizar.

–¿Tan pronto? –preguntó, desconcertada.

La azafata asintió.

–En efecto. Si mira por la ventanilla, podrá ver las luces de Colonia.

–¿De Colonia? ¿Vamos a aterrizar en Alemania?

La azafata frunció el ceño y dijo:

—Por supuesto. ¿Es que no lo sabía?

Sally la abrazó con tanta fuerza que Tora pensó que le iba a romper la espalda. Pero no le importó en absoluto.

—No me lo puedo creer. ¡Has venido a vernos!

—¿Cómo está Steve?

Sally sonrió débilmente.

—Al principio, lo pasamos bastante mal. Steve no mejoraba, y los dos pensamos que iba a morir... Luego, los médicos nos ofrecieron un tratamiento experimental, pero era tan caro que no lo podíamos pagar. Y, justo anoche, recibieron la llamada de un benefactor anónimo que se ofrecía a sufragar todos los gastos. ¿Te lo puedes creer? —dijo, sacudiendo la cabeza—. Es un verdadero milagro...

Tora frunció el ceño. ¿Un benefactor anónimo? Solo podía ser una persona, Rashid. Y, al saberlo, la herida de su corazón empezó a sanar.

Estaba borracha cuando escribió el mensaje. Borracha de alegría, porque Steve se recuperaba poco a poco y sus perspectivas eran cada vez mejores. Y borracha de felicidad, por lo contenta que estaba Sally.

Envió la misiva y se sentó en el sofá del pequeño apartamento que compartía con ella, sintiéndose súbitamente esperanzada.

Había hecho lo que tenía hacer. Ahora, solo podía esperar.

Capítulo 17

EL PABELLÓN de Mahabbah tenía una luz extraña. Tora no sabía por qué, pero lo supo cuando Kareem la acompañó en plena noche y la dejó al pie de los escalones. Alguien había llevado y encendido un montón de velas, cuyas llamas titilaban con la brisa.

Y allí, esperándola, estaba su esposo. Vestido enteramente de blanco, y más impresionante que nunca.

—Tora —dijo él, mirándola con inmenso afecto—. Has vuelto...

—Por supuesto que sí.

—¿A pesar de lo que te hice? ¿A pesar de lo mal que me he portado contigo?

—Bueno, también has hecho algunas cosas buenas... Por ejemplo, ayudar a mis amigos cuando más lo necesitaban —declaró—. Steve está mucho mejor. Se va a recuperar por completo. Y es gracias a ti.

—No iba a permitir que se muriera. Tenía que hacer algo.

—Pues has sido muy generoso.

—Te agradezco que hayas venido a decírmelo... —Rashid sonrió con tristeza—. ¿Quieres ver a Atiyah? Ahora está durmiendo, pero si te quedas un poco más...

—Me encantaría verla.

—En ese caso, hablaré con Kareem para que prepare tus habitaciones y...

–¿Rashid?

–¿Qué?

–No he venido solo a darte las gracias.

–¿Ah, no?

–No, en absoluto. He pensado mucho cuando estaba en Alemania. He reflexionado sobre lo que has hecho por Sally y por Steve, y en lo bien que te has portado con Atiyah, a pesar de que apareció en tu vida de repente, por un padre que te abandonó cuando eras niño... He reflexionado largo y tendido, y he llegado a la conclusión de que eres un buen hombre.

–Un buen hombre que no fue bueno contigo –ironizó.

–Es verdad, no lo fuiste. Pero ¿quién lo habría sido en tus circunstancias? Te viste arrastrado a una vida que no querías, con un bebé cuya existencia desconocías hasta entonces... y, por si fuera poco, sintiéndote profundamente traicionado por tu propio padre. Cualquiera habría perdido la confianza en la especie humana.

–Sea como sea, debí confiar en ti.

–Eso es agua pasada. ¿No podríamos empezar de nuevo?

Rashid la miró con asombro.

–¿Qué intentas decirme?

–Si no recuerdo mal, me dijiste que te habías enamorado de mí... Y, si sigues enamorado, me gustaría casarme contigo otra vez. Pero de verdad.

–¿Casarme contigo?

–Sí, Rashid. Porque yo también te amo, para bien o para mal –contestó.

Rashid se abalanzó sobre ella y la tomó entre sus brazos.

–¡Por supuesto que me casaré contigo! ¡Una y mil veces, si es necesario! Oh, Tora.. Mi vida era un desierto, y tú la has convertido en un oasis. Has llevado vida adonde no había nada. Todo lo que tengo te lo debo a ti. Y te amaré hasta el fin de mis días.

Tora sonrió contra sus labios.

–Y yo a ti, Rashid...

–¿No te parece asombroso? Jamás pensé que me enamoraría de nadie. No lo creía posible y, sin embargo, ya no me imagino sin ti.

–Me alegro, porque no tengo intención de irme.

–Y no tendrás que irte. Nunca más.

Poco después, se acostaron juntos en el pabellón de Mahabbah, el pabellón del amor. Y fue la primera de un sinfín de noches similares.

Epílogo

S E CASARON un día de verano, frente al emblemático edificio de la Ópera de Sídney. Aisha, Marina y Amber ejercieron de damas de honor, y abrieron la comitiva matrimonial en compañía de sus hijos, que se dedicaron a lanzar pétalos de rosa y de jazmín. Tora iba detrás, con un vestido sin mangas de color dorado, y no se detuvo hasta llegar al sitio donde esperaban Rashid y los tres padrinos, Zoltan, Bahir y Kadar.

Habían pasado seis meses desde su primera boda. Seis meses durante los cuales Qajaran había salido de su crisis anterior e iniciado un nuevo camino, lleno de esperanza. Seis meses que habían cambiado a Rashid y lo habían convertido en un buen gobernante. Pero él sabía que no habría conseguido nada si Tora no hubiera estado a su lado.

Esta vez no iba a ser un matrimonio de conveniencia. Esta vez iba a ser real. Y, cuando Tora llegó a su altura, se preguntó cómo era posible que tuviera tanta suerte. Estaba absolutamente radiante. Más bella y más irresistible que nunca.

—No sabes cuánto te amo —le susurró.

—Y yo a ti.

Tora clavó la vista en los oscuros ojos del hombre al que amaba y se sintió como si estuviera en un cuento de hadas. Pero un cuento muy particular, que además de tener palacios, fuentes y pabellones también tenía disgustos y problemas.

Un cuento exótico. Un cuento de verdad. Un cuento como la vida.

Se giró hacia Sally, que estaba sentada junto a Steve, y sonrió. Su amiga le lanzó un beso que la emocionó sinceramente, aunque no tanto como el que le dio Rashid segundos después.

–Me has hecho el hombre más feliz del mundo...

Tora pensó que iba a estallar de felicidad. Habían superado muchas pruebas y obstáculos para llegar a aquel día; se habían enfrentado a sus temores, habían asumido sus sentimientos y, al final, habían conseguido el mejor y más grande de los premios, el único que merecía la pena, el amor.

Justo entonces, el juez de paz inició la ceremonia.

–Queridos amigos... Nos hemos reunido aquí, en este jubiloso día de Navidad, para asistir al matrimonio de este hombre y esta mujer...

De fondo, se oían los graznidos de las gaviotas y las bocinas de los barcos en las aguas del puerto.

Bianca

Era una aventura imposible...

Tras la reciente muerte de su esposa, Jack Connolly estaba muerto por dentro. No fue en busca de otra mujer hasta que conoció a la recatada y bella Grace Spencer, quien provocó que sus sentidos recobraran la vida. Sin embargo, Jack no podía dejarse llevar por sus sentimientos, ya que Grace pertenecía a otro hombre.

Atrapada en una falsa relación para proteger a su familia, Grace sabía que si traspasaba el límite con Jack pondría en riesgo todo lo que apreciaba. Tras el deseo que había visto en la mirada de Jack, se escondía la promesa de algo más, pero ¿merecía la pena rendirse solo para probar una parte de lo prohibido?

UNA TENTACIÓN NO DESEADA
ANNE MATHER